林 典子
Noriko Hayashi

フォト・ドキュメンタリー

朝鮮に渡った「日本人妻」

——60年の記憶

岩波新書
1782

プロローグ

一九六〇年四月八日。よく晴れた金曜日の午後三時、わずかに肌寒い春の風が吹く新潟港は熱気に包まれていた。汽笛を鳴らし、いまにも岸壁を離れようとするソ連の貨客船「クリリオン号」。乗客たちが甲板の手すりから身を乗り出し、ごった返す桟橋の群衆を見つめている。見送りの家族や友人を探して必死に手を振る人、未来への希望に胸を躍らせる人、家族の反対を押し切って船に乗り込んだ人。それぞれの思いを胸に埠頭を眺めている。桟橋で見送る人々との間には色鮮やかな紙テープが飛び交っている。人々の興奮と緊張、喜び、離別の悲しみが交じりあっていた。

乗客には、母親におんぶされた生後間もない乳児、チマチョゴリで着飾った少女、日本で亡くなった親族の遺骨を納めた骨壺を白布で包み両手でしっかりと抱えている男性、専門知識を持った技術者もいる。差別や貧困の中で生き抜いてきた一家もいれば、経済的には不自由なく暮らしてきた人もいる。この船に乗る多くは朝鮮の人々だが、聞こえてくるのは、ほとんどが日本語。長く日本で暮らし、あるいは日本で生まれ育ってきたからだ。彼ら・彼女らは、海の向こうにある、まだ見たことのない「祖国」へ帰郷しようとしていた。

この船の一室に皆川光子さんがいた。色白で、目鼻立ちのはっきりした二一歳。耳元までの長さに短くまとめた髪には軽くパーマがかかっている。部屋の丸窓のガラスから、少しずつ離れていく港をいつまでも見つめていた。隣には二ヵ月前に結婚したばかりの四歳年上の夫、崔《チェ》和宰《ファジェ》さんが寄り添っていた。

日本での最後の四日間、光子さんは日本赤十字社新潟センターの施設で過ごした。ここで日本各地から集まってくる「帰国者」が出国の準備をする。各所に朝鮮民主主義人民共和国の国旗が掲げられている。新しい未来を期待した人たちの中には、「金日成《キムイルソン》将軍の歌」を歌いだす者もいた。新潟に来る直前、夫の両親が暮らす京都に一ヵ月半滞在していた光子さんも、義母に教えてもらったこの歌を口ずさむことができた。ただ、カタカナ書きの歌詞を暗記しただけで、意味は分からなかった。

新潟赤十字センターでの三泊四日、光子さんは静かに時が過ぎていくのを待っていた。帰国者たちの宿舎となった元米軍兵舎のセンターは、何棟もの平屋の建物が連なっている。光子さんと夫ファジェさんはそのうちの一棟にある事務室に呼ばれた。日本赤十字社と赤十字国際委員会それぞれの職員と通訳の立ち会いのもと、「帰国」に関する意思確認が行われた。氏名、年齢などの個人情報、渡航後に朝鮮民主主義人民共和国で暮らすこと、そしてそれを本当に自身の意思によって決断したのかということを――。

光子さんは「私の意思で行きます」と、はっきりと答えた。やりとりは五分もかからない簡単なものだったが、心はあまりにも緊張していた。ここで出国証明書を交付された。後に入管や税関などの印が捺されることになった。

出港の朝、光子さんは濃い灰色のニットカーディガンに、黒、白、灰色のチェック柄のプリーツスカートを履いた。特別に用意したわけではなく、学生時代から着慣れていた洋服をいつもと同じように着た。光子さんの荷物の九割は水産関連の専門書や美術書など。一六個の段ボール箱に詰めた。手荷物のカバンには家族や友人の写真、戸籍謄本を大切にしまった。

この日、出港に先立ち、センターの敷地内でモモとバラの植樹が行われた。モモが生長し、実をつけるころには日朝間を自由に行き来ができるようにとの願いが込められた。渡航者たちはセンターに迎えにきたバスに乗り込み、埠頭まで移動する。港までの「ポトナム通り」が二キロほど続く。「ポトナム」とは朝鮮語で柳の木のこと。五ヵ月前に帰国事業を記念して三〇五本が植樹された。帰国事業の第一次船が出港した前年の一二月一四日以降、すでに一万五〇〇〇人以上が海を渡った。彼らが通ったこの柳並木を、いまは光子さんがバスに揺られて通り過ぎていく。

数日前、光子さんは札幌駅にいた。結婚したばかりの夫の実家がある京都で過ごした後、一度、故郷・札幌へ立ち戻ったのだ。母・ツユノさんは新潟へ向かう汽車に乗ろうとする娘を必死に止めようとしていた。

「お願いだから、もう一度考えてちょうだい。新潟で船に乗り込むタラップの最後の一段まで……。どうか決心を変えてちょうだい」

涙を流す母。だが、光子さんの決心が変わることはなかった。夫との結婚を反対されたことが悔しかった。

在日朝鮮人のファジェさんと出会ったのは二年前。それまでの光子さんは、日本を離れ朝鮮半島でその後の人生を送ることになるなど夢にも思っていなかった。当時二人は北海道大学で水産学を専攻する学生同士。四歳年上の先輩、ファジェさんの成績は優秀で教授たちからの信頼も厚かった。出会って間もないうちに恋に落ち、結婚を決めた。だが、貧しい在日朝鮮人の家庭に生まれ育った彼との関係を認めてくれる家族は一人もいなかった。二ヵ月前の結婚式には、光子さんの親族は一人も出席しなかった。誠実で、ユーモアがあり、正義感の強い彼との結婚を認めてくれない現実が悲しかった。その思いは札幌で汽車に乗るときも変わらなかった。

いま、丸窓のガラスの向こうの埠頭で、手を振り続ける見送りの人々の姿を光子さんは無言のまま目に焼き付けていた。札幌駅で泣きながら制止しようとした母の姿が、頭から離れずにいた。母の姿を見るのがあのときが最後になるなど、思ってもいなかった。

このとき、光子さんは妊娠二ヵ月。この広大な海のずっと先にある土地で、どのような生活が始まるのかという不安と、頑張らなければという思いが入り交じっていた。水平線の向こうに待っている、夫、そしてこれから生まれてくる子どもとの新たな人生に思いを馳せながら。

こうしてさまざまな感情をいだく一〇五八人を乗せた船は、ゆっくりと外海へ動き出していく。日本海、朝鮮では東海《トンヘ》と呼ばれる、この海の向こうへ。

フォト・ドキュメンタリー
朝鮮に渡った「日本人妻」

目次

目　次

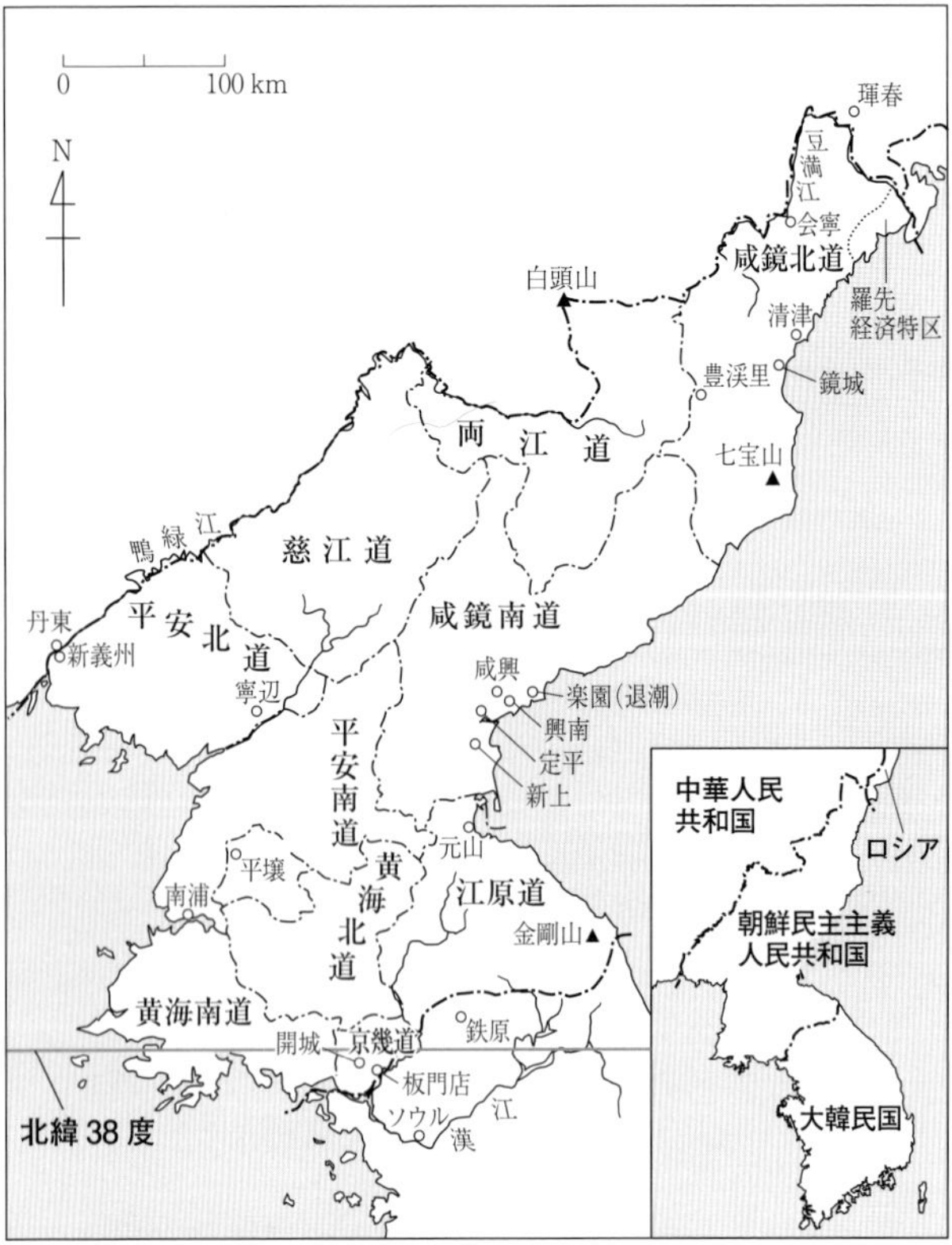
0
100 km
N
琿春
豆満江
会寧
咸鏡北道
白頭山
羅先経済特区
清津
鏡城
豊渓里
両江道
七宝山
鴨緑江
慈江道
丹東
新義州
平安北道
咸鏡南道
寧辺
咸興
楽園(退潮)
興南
定平
新上
平安南道
元山
平壌
黄海北道
江原道
南浦
金剛山
黄海南道
鉄原
開城
京畿道
板門店
ソウル
漢江
北緯 38 度
中華人民共和国
ロシア
朝鮮民主主義人民共和国
大韓民国

第1章　元山で暮らした母と娘——一九六一年、九州から

出会い

「いらっしゃい、よく来てくれましたね。お母さんが……」

二〇一七年四月二五日。玄関の真っ赤なドアを内側からゆっくりと開けた井手喜美子さん（六三歳）は、目が合うとすぐに両手を取り、日本語でこう言いながら自宅に招き入れてくれた。開いたドアを隣で支えていた喜美子さんの息子、李光敏《リグァンミン》さん（三六歳）は会釈をしてくれた。

五メートルほど先にある、奥の居間に私を足早に連れて行くと、喜美子さんは棚に安置された母・多喜子さんの茶色い小さな骨壺を指差した。

「お母さん、ここにいるんです」。こう言うと、言葉につまり口元を押さえた。そして、息を整えてから母親の方をまっすぐに見つめ、静かに語りかけた。

「お母さん。また来てくれましたよ」

骨壺の周りには黄色やピンク色のチューリップの造花が飾られている。「お母さん、チューリップの花が好きだったんです。歌もあるでしょ、「ならんだ、ならんだ、あか、しろ、きいろ」ってね」。八歳まで日本で育った喜美子さんは、小学校で習った歌をずっと覚えている。この国に来てからも、多喜子さんと一緒にこの歌をよく口ずさんでいたという。

「お母さん、「死ぬ前にもう一度ふるさとに行きたかった」と言っていたんです。「死んだ後でもいいから、日本に行けるかな？　そのときには日本のお母さんのお墓の隣に行きたいわ」って。私のお父さんの故郷は、南(韓国)にあるんです。亡くなる前に「朝鮮が統一したら、自分を故郷に埋めてくれ」って、私たちに頼んでいたんです。それでも、二〇年経ってもまだ統一していないし。私が生きている間にお父さんを故郷へ、そしてお母さんも日本へね……」

喜美子さんは、こみ上げる思いを落ちつかせようと胸を手で押さえながら、こう続けた。

「この、故郷を思う感情というのはね、日本人も朝鮮人もみな同じなのだと思うわ。本当に」

ハンカチであふれる涙を拭いた。この日、多喜子さんが亡くなって二三七日目を迎えていた。

私が初めて「日本人妻」の井手多喜子さんに会ったのは、この約一年前。二〇一六年五月二二日のことだった。多喜子さんが暮らす、東部の元山《ウォンサン》は平壌《ピョンヤン》から車で約三時間、距離にして約二〇〇キロ。平壌市街の玄関口にある祖国統一三大憲章記念塔のアーチを通り、まもなく南の開城《ケソン》へ向かう高速道路から東に別れて平壌—元山高速道路に入り、そのまま真っすぐ舗装された道路を走る。

この時期、道路沿いには花を咲かせたアカシアの木が延々と続く。自転車を二人乗りするカップルや牛の荷車に乗って移動する人、通りすがりの車やトラックに乗せてもらおうと道端にしゃがみ込んで待つ人。時々通り過ぎる共同農場では二〇人ほどの農民たちが一列に並んで畑で忙しそうに作業をしている。周辺には彼ら・彼女らが暮らす集落が点在し、平屋の住宅や、淡いピンク色や緑色に外装が塗られた四、五階建ての共同住宅が建ち並ぶ。

日本海に面した元山は一八八〇年、日朝修好条規(一八七六年)によって釜山《プサン》に続いて開港し、早くから日本人居住区が設けられた。朝鮮戦争中に破壊された市街地は再建されているが、海水浴場のある松濤園《ソンドウオン》ののどかな光景は一世紀前の写真と見比べてもほとんど変わらないように見える。海辺のベンチに座り、火鉢でハマグリを焼いて食べるカップルが何組もいる。その近くには、かつて元山と新潟を行き来していた連絡船「万景峰《マンギョンボン》92」が静かに停泊していた。

港から一〇分ほど車で走った市内のアパートに、井手多喜子さんは暮らしていた。市内を流れる川に架かる橋の近くの大通り沿いにある、白と薄いピンク色のコンクリート造りの九階建ての建物。この国の地方都市を訪れればどこでも目にする、ごく一般的な外観のアパートだ。

建物の入口付近にはベンチがあり、そこに座っておしゃべりをする数人の住民と目が合った。この国では取材中、基本的には現地の通訳兼ガイドである案内人らと行動をともにする。スーツを着た案内人の男性たちと一緒に歩く外国人である私の姿を、物めずらしそうにずっと目で追っている。アパートの二階へ上がり、一番奥の部屋へ向かって歩いた。そして、「日本人妻」の女性が暮らす一室の、玄関扉の前にたどり着いた。

私はここに立ちながら、扉の向こうに待っている、まだ名前も知らない日本人女性の姿を想像していた。彼女もきっと日本からの訪問者について、思いをめぐらせているだろう。扉をノックして一〇秒ほど待つと、ゆっくりと内側から扉が開いた。誰が開けたのかを確認するよりも前に、玄関から四メートルほど先にある奥の部屋の座布団に座る、高齢の女性と目が合った。「あぁ、日本人の女性だ」と、不思議とすぐに感じた。瞳を大きく見開き、こぼれるような笑顔でじっと私を見つめている。靴を脱いで部屋に上がろうとすると、「いらっしゃい、いらっしゃい。よく来てくれたわねぇ」と、はっきりとした日本語で言いながら手招きをした。茶色と黒のしま模様のゆったりとしたズボンをはき、薄紫色のカーディガンを着ている。顔に深く入ったシワやフサフサした白髪、背格好が、当時九五歳の私の祖母の姿と自然と重なった。

この国で同じ日本人の女性に会うことは、私にとって特別な思いがあった。玄関からその女性が座っている部屋までの、わずか数メートルほどの距離を歩く時間がとても長く感じられた。

「こんにちは」

私は軽く会釈をしてから、座った。すると、「こんにちは」と返事をしながら、手を差し出してくれた。

「お名前を教えていただいてもいいですか？」。これが私の最初の質問だった。

「日本の名前？」

「はい」

少し時を置いて、「イデ、タキコ。井戸の井に、手の手、そしてタキコは多いに喜ぶ子。タが二つですよ」。こう言うとペンを手に取り、私のノートに漢字で名前を書いてくれた。そして、「えへへ」と恥ずかしそうに笑った。

隣には、娘の喜美子さんが付き添っていた。高齢の母親の日常生活の面倒を見るため、一〇年ほど前から同居を始めたという。アパートが建てられたのは一九七九年。多喜子さんが暮らす部屋の間取りは2DK。一〇畳ほどの広さがある居間には薄紫色の壁紙が貼られている。喜美子さんが二年前に近所の店で購入し貼り付けたという。水色のマットが敷かれた床の上には、五〇センチ四方ほどの赤い折りたたみ式のちゃぶ台が置かれていた。部屋の正面にある茶色いキャビネットの中には、湯呑みや家族写真が並べられていた。

両親に伝えずに

井手多喜子さんは一九二七年四月三〇日、宮崎県高鍋町の農家の長女として生まれた。高鍋町も元山と同じように海に面している。よく泳ぎに出かけたという。

「子どものころはどんな遊びをしていたのですか?」

「バレーボールが好きでした。男の子たちとはよく喧嘩もしたし、男勝りだったわね。家の裏には竹やぶがあるのよね。他の人に竹の子をあげるときは山から勝手に持ってきちゃったりもして。お転婆だったから」。多喜子さんはこう言いながら、無邪気な表情で口をあけて笑う。

「ご主人と出会ったのは何歳のときですか?」

「一五、六歳のとき。私はバスの運転手だったんです。戦争で、みんな兵隊に連れていかれて残るのは女性たちでしょ。あのころは、険しい山道でも気にしないで運転していたのよ」

こう言うとハンドルを握り運転する真似をした。学校を卒業したあと、講習所で運転を学び、地元のバスの運転手として働き始めたという。そんなときに、同じ運転手として働く同僚だった夫と出会った。一緒の車両に乗り合わせることがよくあり、交代で運転をしていたという。

「朝鮮人だってこと分からなかったのよ、最初は。付き合い始めて、一緒に暮らすことになったら分かったけど、そのときはもう離れられなくなっていたの」

「もう、好きになっていたからですか?」。こう聞き返すと、大きくうなずいた。

六歳年上の史大順《サデスン》さんとの結婚に、多喜子さんの母親シナヲさんは反対したという。

「結婚式はあげられたのですか?」

「結婚式? 誰が結婚式をあげてくれるの。昔は家柄もあってね、何で朝鮮人と一緒に暮らすのかって、オモニ(お母さん)に言われました」

一九四八年に長男の順次さんが誕生したが、親はまだ二人の関係を認めてくれていなかった。

そのため、二人は実家から離れた所で暮らすことにしたという。それでも、長女の順子さんが生まれた一九五〇年ごろには、実家との行き来ができるようになった。いま、多喜子さんの隣に座る次女の喜美子さんは、一九五三年に福岡県で誕生した。

多喜子さんの一家は、一九六一年九月一日、帰国事業（説明は後述）で九州から、ここ元山へ渡った。その直前の八月末に、多喜子さんは初めて朝鮮の伝統衣装であるチマチョゴリを着た。撮影した記念写真はモノクロ写真として残っているが、五五年前に着たこのチマチョゴリが白と水色の品のあるドレスだったことを多喜子さんは鮮明に覚えている。

しばらく写真を見つめていた娘の喜美子さんは、こう説明してくれた。

「地域の在日朝鮮人たちが開いてくれた送別会のときの記念写真なんです。結婚式ができなかったお母さんにとっては、これが結婚記念の写真みたいなものなんです」

チマチョゴリを着た当時の多喜子さんは三四歳。この取材時の私は三二歳。あの時代に、生まれ育った日本を離れ、言葉も社会の仕組みもすべてが異なる国へ移住する覚悟は相当なものだっただろうと想像する。たとえ海を隔てて隣り合った国であったとしても――。

多喜子さんは日本を離れることを両親には伝えなかった。

「黙って来たのよね。朝鮮に行くって言ったら、それこそ反対されるから。だから、ここに来てから日本に手紙を送ったんです。そうしたら、お母さんはその場で気絶してしまったそうです。その後、新潟まで行って、「たきこー！」と海へ向かって叫んだことを、後の手紙で知りました。弟はいるけど、娘は私一人。だからお母さんはどれだけ泣いたでしょう」

こう言って私と一瞬目を合わせた後に、視線を落とした。

「日本を離れるとき、どんなことを考えていましたか？　船の中から日本を見ながら」

「それが覚えていないのよ、ははは」

多喜子さんは顔をしわくちゃにして、さっぱりした笑顔でこう答えた。それでも、きっとさまざまな感情が入り交じっていたはずだ。日本に残した母親への思い、子どもたちの将来、新しい土地で出会う人々、この先の長い人生で経験するであろう出来事を想像していただろう。

この国に来て苦労をしなかったという日本人は一人もいないはずだ。私の問いかけに対して言葉を選ぶ素振りもなく、多喜子さんは近所の朝鮮の人々について語った。

「それでもね、ここの人たち、昔の人は少し日本語知っている人もいたし。隣近所の人たちがご飯はこうやって炊くんだ、トウモロコシはこうやって作るんだ、といろいろと教えてくれてね。助けてくれたんです」

一家が日本から持って来たアルバムは、出港地の新潟へ向かう直前に多喜子さんの職場の同僚がプレゼントしてくれたという。生家の写真、運転をしていたバスの写真、バスの前で微笑む同僚、母親シナヲさんのポートレート写真、娘の喜美子さんが幼いころに飼っていた犬クロとのスナップ写真、弟の結婚式、家族旅行の写真など、日本での暮らしから、元山の何気ない生活の一コマまで、モノクロ写真が一〇〇枚ほど貼り付けられている。

元山へ来て三年目、一九六四年に撮影された写真は割れ目が目立ち時の流れを感じさせるが、この年に誕生した次男のとうりゅうさんも一緒に写っている。その何気ない瞬間が偶然フィルムに焼き付いていたおかげで、時代を超えて、この家族の極めて私的な空間に触れることができた。

まだまだ聞きたいことはたくさんあったが、一回目の訪問は自己紹介程度でいいと最初から考えていた。無理をせずに、ここで取材を切り上げることにした。

「またいつでもいらっしゃい。一二〇歳まで生きるから」

多喜子さんはまた顔をしわくちゃにして笑い、その大きな黒目で私を見つめた。

母との再会かなわず

再び井手多喜子さんを訪ねたのは、それから二ヵ月半後の二〇一六年八月八日。玄関の扉を開けて中へ一歩入ると、近所の女性たち四、五人がキッチン脇の床に座り、おしゃべりをしているところだった。カメラ機材を持った私を見た瞬間、皆恥ずかしそうに照れ笑いをし、あわてて荷物をまとめて玄関から出て行った。「時々、うちに遊びにくる近所の人たちなの」。娘の喜美子さんは私にそう言って笑った。

視線を奥の部屋に向けると、水色のブラウスを着た多喜子さんの姿が見えた。しかし、前回よりも身体は一回り小さく、一生懸命私の姿を目で追っていた。二ヵ月半前と様子が違った。

「来るのをずっと待っていたのよ」。多喜子さんのそばに行き、同じ高さまでしゃがむと、力なく私に語りかけた。顔色は青白く、話すのがやっとという状態だ。ただ、「前は一三〇歳まで生きると言ったけど、一〇〇歳までしか生きられないかもしれない」と冗談を言って、私を笑わせようとした。

「何言ってんの、お母さん」。娘の喜美子さんは隣でため息をつきながら優しく微笑んだ。キッチンへ向かった喜美子さんは、お茶を用意してくれた。多喜子さん用の黄色い湯呑みは、前回に私がお菓子と一緒に持って来た日本からのおみやげだった。

「毎日この湯呑みでお茶を飲んでいるの。これで飲むと味が全然違うのよね、お母さん」

「あと、この前いただいたゼリーやチョコは、林さんが帰った後に、すぐにお母さんが近所の人たちを集めてね、「これが日本のお菓子よ、食べなさい」と、分けてあげたんです」

多喜子さんは、この五五年の間に、一度だけ日本を訪れたことがある。二〇〇〇年に行われた「里帰り事業」だ。日朝の赤十字により一九九七、九八年、そして二〇〇〇年の計三回、行われたこの事業では、四三人の「日本人妻」が日本を訪問した。三回目の里帰り事業で一六人のうちの一人として多喜子さんは日本に帰り、数日間だけ故郷の宮崎県に滞在し、弟に再会した。しかし、滞在期間はあまりに短く慌ただしかった。多喜子さんは自身の手で米をといでご飯を炊き、弟に食べさせてあげたいという願いがあったが、これがかなわなかったことを帰国後にずっと悔やんでいたという。

多喜子さんに初めて会った後、私は日本で過去の新聞記事を調べた。里帰り事業の様子を伝える記事の中に、多喜子さんが故郷の両親のお墓の前で手を合わせる写真があった。その写真を目にした際、多喜子さんから聞いた話が自然と思い出された。

——黙って来たのよね。お母さんはどれだけ泣いたでしょう——

長い間、行き来ができなかった日本に対する多喜子さんの思いは計り知れない。故郷を思うときに自然と浮かんでくる情景は何なのか。同時に沸き起こる感情はどういうものなのか。喜びでも、悲しみでも、虚無感でも、郷愁でもなく、きっとそれらをはるかに超えたものとともに生きてきたはずだ。会えなかった母親に何を伝えたのか。私は多喜子さんに静かに話しかけた。

「里帰りのとき、ご両親のお墓の前で、心の中でどんなことを話しかけられたのですか?」

「………」

多喜子さんの表情が悲痛な面持ちに変わった。口元が一瞬動いたように見えたが、しばらく沈黙が続いた。辛そうな表情を目の前にして、「こんなことを聞くべきではなかった」と、心の中で謝った。多喜子さんの母親に対していだいていた思いは、この取材の中で確認すべき大切なことだと思っていた。どうしても聞かなければと思っていた。それでも多喜子さんがいま振り返るには、あまりに辛い記憶を無理やり掘り起こしてしまっていると感じた。多喜子さんの立場を思えば、いまさらこんなことを聞いて、一体何になるのか、という思いさえ、頭をよぎった。

すると、多喜子さんの様子を隣でじっと見つめていた娘の喜美子さんが、母親の表情をうかがいながら、ゆっくりと口を開いた。

「『ごめんなさい。お母さんへの唯一のおみやげはこの健康な身体です。黙って日本を離れた私をどうか許して下さい』。おばあちゃんのお墓の前で、こう言ったのよね」

喜美子さんは優しく母親を見つめた。

「うん……」

多喜子さんは声にならないほどの、か細さでこう言うと、ほんのわずかうなずいた。

「当時、日本から帰ってきたばかりの母がそう言っていたんです」

多喜子さんの母・シナヲさんは、一九九八年に九九歳で亡くなっている。第一次の里帰り事業で故郷を訪問することができれば、シナヲさんに再会することができた。日本を離れてから

1961年の渡航直前に夫と撮影した記念写真を
手にする井手多喜子さん(2016年8月，元山)

ずっと母親に直接思いを伝えられないでいた。結局かなわなかったことの痛みが、心に留まり続けていたのだと感じた。

この日の取材で印象的だったのは、アルバムのページをめくりながら、一枚一枚の写真をじっと見つめる多喜子さんの姿だった。特に若いころの夫の写真の頬の部分にそっと手を触れたとき、「ね、ハンサムでしょ」とつぶやき、いつまでもその写真を撫で続けていた。

取材を終え、荷物を整理していると、娘の喜美子さんから元山で採れたワカメで作ったというふりかけと、アンズの漬け物をおみやげにいただいた。どちらも喜美子さんの手作りだ。ここでは梅が採れないため、多喜子さんは梅干しの代わりにアンズの漬け物を作っていた。この国でアンズの漬け物はよく作られるというが、喜美子さんが作るアンズの漬け物は母の味だという。アンズを塩漬けした後に、ざるの上に置いて水を抜き、そして何日も干し続ける。「日本ではささくれになるくらい梅を干すそうで、お母さんはここでもそんな風に干さないと美味しくないって、いつも言っていたんです」

「それから、これを……」

喜美子さんから手渡された青いメモ用紙には、多喜子さんの弟が暮らす日本の住所と電話番号が書かれていた。前回の訪問時に連絡先を聞いたのを覚えてくれていたようだった。

最後に、居間の座布団に座る多喜子さんの前に座り、挨拶をしようとした。すると、多喜子さんが両手で私の右手を握りしめ、無言で頭を垂らした。額は床に付きそうで表情が見えない。私の右手はちょうど多喜子さんの頭の真上にあった。

「行かないで」と、小さな声が聞こえた。

握り続ける手の力はとても強く、多喜子さんのことを思い出す度に、このときの右手の感触が自然とよみがえってくる。伝えたい思いがたくさんあっても、言葉にすることができず、感情を抑えることしかできなかったのだろう。近くでその様子を見ていた喜美子さんは、「お母さん、また来てくれるから」と母親に語りかけた。

「また必ず来ます。そのときまで元気でいて下さい。必ず会えますから」

私がこう言うと、多喜子さんはようやく頭を上げ、私の目をじっと見て力なく、「あなたは私の孫みたい。また必ず来てね」と、つぶやいた。

「また会いましょう」

もう一度返事をした。こう言ったものの、わずか二ヵ月半の間にここまで身体が弱くなってしまった多喜子さんの姿を見ながら、もうこれが最後かもしれないと、思わざるを得なかった。握り続ける手の力を緩め、私の方から少しずつ手を離さなければならなかった。

部屋を後にするときに、玄関の扉が完全に閉まるその瞬間まで、奥の部屋の茶色いキャビネットに寄りかかってこちらをずっと見つめている多喜子さんと目を合わせていた。

自宅の居間で娘の喜美子さんと話す井手多喜子さん
(2016 年 8 月, 元山)

この日の夕方、滞在先のホテルの部屋に戻り、喜美子さんからもらったアンズの漬け物を食べてみた。ピンクの容器に丁寧に並べて入れられていた。梅干しよりもほんのり甘みがあり、歯ごたえもあった。きっと、日本で食べた懐かしい梅干しの味を思い出しながら多喜子さんが作り続けてきた味なのだと思い、ゆっくりと噛み締めた。

部屋の窓の向こうには海が見える。ここへ来て五五年、この海のはるか先にある故郷、日本に向かって多喜子さんは何を思っていたのだろう。

帰国事業とは

一九五九年一二月から八四年七月にかけ、日本に暮らす朝鮮半島にルーツを持つ人々が朝鮮民主主義人民共和国に移住する帰国事業が行われた。主体となったのは、日朝の赤十字。この事業で日本から海を渡った在日朝鮮人とその家族は約九万三〇〇〇人で、そのうち「日本人妻」や、その子どもたちなど日本国籍保持者は約六八〇〇人とされる。日本国籍を持った「日本人妻」に限れば、その数は約一八三〇人とされている。その他、在日朝鮮人の夫と結婚後に朝鮮籍にすでに変更していた日本人女性もいるとされ、実際の「日本人妻」の正確な数は分からない。

私は二〇一三年からこれまで一一回にわたり訪朝し、主に「日本人妻」たちの取材を重ねてきた。

日本が一九一〇年に「韓国併合」により朝鮮半島を植民地として以降、一九四五年のアジア・太平洋戦争における敗戦まで、在日朝鮮人は急増していた。一九一一年には二五〇〇人を超える程度だった在日朝鮮人は、四五年の敗戦時には約二〇〇万人を大きく超えていた（公安調査庁『朝鮮総聯を中心とした在日朝鮮人に関する統計便覧 昭和五六年版』一九八一）。その理由は、朝鮮での生活難から逃れるため、教育を受けるため、配偶者として日本へ渡ったため、炭坑や軍需工場などでの労働徴用や徴兵などの戦時動員のケース、留学などさまざまだ。

私が取材をした「日本人妻」の夫も、日本へ来た在日一世、あるいはその子どもとして日本で生まれた在日二世である。この時期に日本へ渡った朝鮮人のほとんどが朝鮮半島南部、現在の韓国の出身だとされる。

一九四五年の日本の敗戦後、四八年八月に大韓民国が、同年九月に朝鮮民主主義人民共和国が建国された。四五年以降、日本から朝鮮半島の故郷に帰った人々は五〇年五月までに約一四〇万人にのぼったが、戦後の混乱や、五〇年六月の朝鮮戦争の勃発などにより、日本での生活を継続することを選択したり、あらたに日本に密航してきたりした人々もいたため、多くが日本に留まることになった。

多喜子さんの夫・デスンさんの出身地は北緯三八度線よりも三〇キロほど北にあった。かつて北緯三八度線以北に居住していた在日朝鮮人の希望者を故郷へ帰国させる事業が一九四七年に二回実施されていたが、デスンさんはこのときは帰国しなかった。すでに多喜子さんと新しい生活を始めており、しばらくは日本で暮らすことを選んだのだろう。

一九五〇年六月から五三年七月までの三年間にわたった朝鮮戦争では、三〇〇万〜四〇〇万人が犠牲となったと言われている。朝鮮半島は南北に分断され、それは「在日」社会にも深い亀裂を生むことになった。朝鮮戦争の休戦協定締結から数年後、分断された朝鮮半島の北側へ集団帰国を求める声が高まった。

「北朝鮮に帰国日本人を迎えに行く赤十字船〝こじま〟に乗せて帰国させてほしい」

一九五六年四月六日の午後、約五〇人の在日朝鮮人が日本赤十字社を訪れ、赤十字船での帰国を求めた。日本赤十字社の帰国事業についての記録は、この日の記述から始まっている(『日本赤十字社社史稿 第7巻』一九八六)。一九五八年には、長崎県にある大村入国者収容所に収容されていた在日朝鮮人の一部が朝鮮民主主義人民共和国への帰国を希望し、ハンガーストライキを行った。その後も帰国を希望する声は高まり、日本赤十字社は「人道的見地」から帰国事業に取りかかることになったという。

帰国事業については、これまでも多くの研究者やジャーナリストらにより検証され、まとめられてきたが、帰国事業の発端や事業が行われた理由についても、さまざまに議論されている。

一九五八年八月、川崎市に住む在日朝鮮人が集団帰国を希望し、金日成首相(当時)に差別や貧困などを訴える手紙を送った。直後の九月、金日成首相が建国一〇周年を祝う式典で「日本での生活の道を失い、祖国の懐に戻ろうとする同胞の念願を熱烈に歓迎する」と宣言し、これが日本に伝えられたことで、帰国運動が全国的に広がった大きな要因となったという見解が一般的となっている。

一方で、在日朝鮮人の集団帰国は、「厄介払い」したいと考えていた日本政府当局の思惑が背景にあったという見解もある(テッサ・モーリス・スズキ著、田代泰子訳『北朝鮮へのエクソダス――「帰国事業」の影をたどる』朝日新聞社、二〇〇七)。

一九五三年八月に外務省と入国管理局関係者が出席して行われた「在日朝鮮人の北鮮向け送還問題に関する打合せ」の席では、「相当まとまった数の在日朝鮮人が北鮮に帰ることは趣旨としてよい話である」という意見や、「在日米軍としては日本の治安上から朝鮮人が一人でもいなくなることを希望」という見解が交わされている(外務省資料「在日朝鮮人の北朝鮮帰還問題一件 第一巻」)。さらに、日本赤十字社の帰国事業関係者は一九五六年の時点で「日本政府は、はっきり云えば、厄介な朝鮮人を日本から一掃することに利益を持つ」と書いていた(『在日朝鮮人帰国問題の真相』日本赤十字社、一九五六)。

受け入れる側も、朝鮮戦争後の国の立て直しや経済発展のための人材確保、日朝関係の進展、韓国などに対する社会主義体制の優越性の誇示などの面から帰国を歓迎した。しかし、帰国事業がこれほど大規模に実現した背景には、なによりも日本に暮らしていた在日朝鮮人の貧困や差別などの極めて厳しい社会的・経済的な苦境があった。

一九五二年四月にサンフランシスコ講和条約が発効すると、日本在住の朝鮮人と台湾人は日本国籍を「喪失」し、外国人となった。つまりこの時をもって、日本に暮らす在日朝鮮人は社会的・政治的権利を一旦失うことになったのだ。当時、大多数の在日朝鮮人は職業差別にも直面し、土木業やパチンコ業、くず鉄業、安定しない日雇いなど限られた仕事に従事せざるを得なかった。一九五四年一二月時点で、在日朝鮮人の完全失業率は五・一四%と日本人の完全失業率の約八倍にのぼっていた(日本赤十字社編『在日朝鮮人の生活の実態』一九五六)。

さらに、河川敷などにバラックを建て居住する朝鮮人集落も全国に見られるなど、生活が困窮していた。帰国者の中には会社経営者や専門知識を持った高学歴の人も含まれたが、帰国事業が開始された一九五九年一二月の帰国者のうち、生活保護受給者は四一%を超え、さらに五九年一二月から六七年一二月までの間に帰国した計八万八六〇〇人余りのうち、成年男子の三九・六%が無職だったという(法務省入国管理局編『出入国管理とその実態 昭和四六年版』一九七一)。

帰国事業で朝鮮半島北部へ帰国した在日朝鮮人の約九五%以上は、故郷が朝鮮半島南側にあった（前掲『在日朝鮮人帰国問題の真相』）。それでも当時、在日朝鮮人の多くが、北側の朝鮮民主主義人民共和国を支持していたのである。

帰国事業が行われた一九五〇年代から六〇年代にかけては、世界的にも社会主義の勢いがあった。日本では日米安全保障条約に反対する学生運動、左翼運動が全国的に展開された時期で、六一年にはソ連が初めて有人宇宙飛行を成功させていた。韓国では李承晩《イスンマン》大統領による独裁政権が続いており、不安定な状態であった。一人当たりのＧＮＰ（国民総生産）は、韓国側の統計でも六〇年には韓国七九ドル、朝鮮民主主義人民共和国一三七ドルだった（菊池嘉晃『北朝鮮帰国事業――「壮大な拉致」か「追放」か』中公新書、二〇〇九）。

近い将来に北主導の南北統一が実現し、南の故郷と行ったり来たりできるようになると思っていた帰国者も多くいた。海を渡った「日本人妻」の女性たちには、三年後には日朝間で行き来ができるようになるという認識があった。「ここへ来た日本人たちはみんながそう思って、朝鮮へ来たんです」と、ある日本人女性は話していた。渡航に反対する両親に「三年後に帰ってきますから」と伝え、理解をしてもらった女性もいた。

一九五九年四月、ジュネーブで日朝赤十字代表による会談が開始され、同年八月、インドのカルカッタで日本赤十字社と朝鮮赤十字会との間で九条からなる帰還協定が調印された。帰還協定が調印された翌九月三日、日本赤十字社は「帰還案内」を公表した。帰国の手続きから乗船に至るまでの流れが説明されている。各地から赤十字列車に乗り新潟まで移動し、到着後はバスで新潟赤十字センターに入り三泊四日を過ごす。その間に出国証明書交付、荷物検査など出国のための手続きをすることが記載され、また荷物は一人六〇キロまで、それを超える場合は運賃がかかることなど、細かい手引きや心得なども書かれた。

そして同年九月二一日から、全国各地に設置された窓口で帰国申請が始まったのだ。

メディアの報道

一九五九年一二月一四日午後、第一次船となる「クリリオン号」と「トボリスク号」が、帰国者二三八世帯九七五人を分乗させ、新潟港中央埠頭から出港した。

この日の『毎日新聞』夕刊の一面には「帰還第一船　新潟を出港　〝希望〟を乗せて清津へ」、『朝日新聞』夕刊には「歓呼浴び九七五人　新潟港から第一次船」、『読売新聞』夕刊には「帰還第一船、希望の船出　一路、清津へ向う　新潟港わき起る〝マンセイ〟」という見出しで記事が掲載された。数千もの見送りの人々と船との間には幾重にもテープが入り乱れ、笑顔で夕ラップを歩く人々、前夜にセンターでテルテル坊主を作ったり、出国の朝に晴れ着であるチマチョゴリを母親に着せてもらう子どもたちなどが、写真で紹介されている。

前日の一三日付の「北朝鮮に帰る人たちに」と題された毎日新聞の社説は、以下のように締めくくられている。

去っていく人たちに対して日本での、そして日本人に対しての、いい思い出だけは、消さずに持っていることを望む。それがおたがいの友好を断ってしまわないための最善の方法なのである。送る側も、いたらなかったことを反省して、北朝鮮での生活が恵まれたものであることを心から願う。この人たちの多幸な帰還が双方の人間をして友好を温めさせる土台となることを、我々は期待したい。

こうして、途中中断することはあったが、一九八四年まで二五年間にわたって行われた帰国事業の長い歴史が始まった。二日後に東部、清津《チョンジン》に到着した帰国者たちは、市内の宿泊所で数日過ごした後、首都平壌や内陸の農村部、海辺の街など各地へ散らばった。私が取材をした女性たちの中には首都の平壌に配置された女性もいれば、帰国者が一人もいない集落、夫の専門知識を活かせる地方都市などへ配置された女性もいた。

清津に到着するなり、想像していた光景と現実とのギャップに失望した者が多かったことは、脱北者らの証言により現在の日本で大きく報じられている。一方で、その当時、日本で伝えられる情報を聞きながらも、朝鮮戦争休戦後わずか六年しか経過していない状況の中、復興は始まったばかりであり、その状況は予想できたという証言もある。

一九五九年一二月に平壌に到着したばかりの「日本人妻」たちとともに新春を過ごした読売新聞特派員による記事が、「北朝鮮へ帰った日本人妻たち　夢のような正月〝ほんとうに来てよかった〟」という見出しとともに、六〇年一月九日の紙面に掲載された。

当時、政治的傾向が右派、左派にかかわらず、ほぼすべての新聞やマスコミが在日朝鮮人の「祖国」への帰国を大々的に報じていた。朝鮮総連（在日本朝鮮人総連合会）や在日団体によって伝えられる情報と並行して、訪朝した日本人による記述が帰国運動に拍車をかけた。日本の大手新聞社や通信社の記者団七人が五九年一二月一八日から六〇年一月五日までの間に訪朝し、第一次船で渡航し平壌にたどり着いた帰国者らを取材したルポ『北朝鮮の記録　訪朝記者団の報告』（新読書社、一九六〇）や、帰国事業前年の五八年八月から一〇月にかけての訪朝記でベストセラーとなった寺尾五郎著『38度線の北』（新日本出版社、一九五九）などは、朝鮮戦争で荒廃しながらも、急速に発展を遂げているこの国の姿をより現実的なものとして印象づけた。

一九八四年七月まで続いた帰国事業。一八七回の船で約九万三〇〇〇人が日本から朝鮮民主主義人民共和国へ渡った。その八割は最初の二年の間に渡った人々である。日本に残った親族と連絡を取り続けて来た帰国者もあれば、連絡が途絶えたケースもある。海を渡った、約九万三〇〇〇人。その数だけの人間の物語があるのだ。

故郷の風景

井手多喜子さんの故郷、宮崎県高鍋町は宮崎平野の北部に位置する海と山に囲まれたのどかな町だ。夕暮れ時になると、空の赤紫のグラデーションが町の中央を流れる小丸川に反射するのが幻想的だった。

「これはクワの葉、ここに赤いクワの実がいっぱい付くと、食べられるんだよ。ほら、もう付いているのもある」

井手多喜子さんの二歳年下の弟・守さんはいまも多喜子さんの故郷である高鍋町に暮らしている。丁寧に手入れがされた自宅の庭の草花を指差しながら、私に話しかけた。家の入口のすぐ脇には、守さんが海で集めてきた流木や貝殻が山積みになっている。趣味である流木アートの作品や貝殻アクセサリーの制作に使うためだ。屋根瓦には井手家の家紋が彫られている。

二〇一六年一二月、私は元山の多喜子さんの娘、喜美子さんから手渡された青いメモ用紙に書かれた、井手守さんの電話番号に初めて電話をかけた。

「はい……」。受話器を取り、電話の向こうで、こう一言返事をした男性の声を聞いたときに、年代が推測でき、多喜子さんの弟だと分かった。信じてもらえるかどうか分からなかったが、私は元山で多喜子さんにお会いしたことを伝えた。すると、「姉は九月初めに亡くなったという手紙がありました」と伝えられた。私が最後に多喜子さんにお会いしたのは八月。その数週間後に亡くなったということを、この電話で初めて知った。

多喜子さんが思い続けていた故郷とはどんな場所だったのか。その場所が確かに存在することを確認するために、春に守さんを訪れることにした。電話で弟の守さんに、多喜子さんから聞いた家の裏にあった竹やぶで遊んだ思い出を伝えると、「あー、そうそう。そうだった、そうだった」と、懐かしそうな弾んだ声が聞こえてきた。

二〇一七年四月、守さんの自宅のソファーで、多喜子さんとの思い出をきいた。もう元山に行っても多喜子さんから聞くことはできない。どんな些細な出来事であっても知りたいという思いが募っていた。

守さんが幼いころ、多喜子さんの父・仁平さんは戦争へ行っていた。母は農作業で忙しかったために、母の代わりに長女の多喜子さんが守さんの面倒を見ていたという。そのため多喜子さんは小学生のころから、幼い守さんをおぶって学校に通っていた。そのことを守さんはずっと感謝しながら生きてきた。

「多喜子さんはどんなお姉さんでしたか?」

「そうだね、小学生の時に私が他の男の子にいじめられていたことがあったんです。私は彼らに追っかけられて必死に逃げていたんですが、その時に姉が駆け寄ってきてね、助けてくれたんです。男の子にも平気で立ち向かっていく、そんな強い姉でした」

多喜子さんが「男の子たちとはよく喧嘩もしたし、男勝りだった」と言って、笑ったときのことを思い出した。そして、姉と弟の記憶が少しずつ私の中で、重なっていくのを実感した。

守さんは多喜子さんの夫のことをはっきり覚えていた。

「体格が良くてね、そして立派な男だった。日本のことも日本語も、日本人以上に詳しかった。日本の名前、なんて言う名前だったか忘れてしまったけど、とにかくいい男だった」

そして、こう続けた。

「でもね、姉たちが向こうに行ったのは五六年も前のこと。私の娘が五六だから、ずっと昔」

この日、守さんの娘の博子さんがたまたま実家を訪ねていた。多喜子さん一家が元山に渡った年に生まれている。博子さんはこんなことを教えてくれた。

「私のおばあちゃんは生前、毎朝欠かさず仏様の前で家族のために拝んでいたんです。その時に、家族全員の名前を口にしていたんですが、必ず最後に「……じゅんじ、じゅんこ、きみこ、とうりゅう、わたくし」って言って、お祈りが終わるんです。北朝鮮に行った、おばあちゃんの孫の四人の名前です。だから、私は直接会ったことはなくても、自然と多喜子おばさんの子どもたちの名前は覚えますよね。何十年も毎日、聞いていたから」

博子さんは、祖母であるシナヲさんが亡くなる最期まで介護を続けた。

一年前、笑顔で私を迎えてくれた多喜子さんに初めて会ったあの日、母親のシナヲさんや守さん、日本の家族のことや故郷での思い出を直接聞いても、何となく遠い昔話を聞いているようだった。私にとってはまったく知らない土地、知らない「他人」の家族の歴史――。それがいま、この場所を訪れ、多喜子さんと血の繫がった家族を前にして、多喜子さんが大切にしていたものが私が生きている現在の日本にも確かに存在しているのだということを肌で感じた。そして、ようやく多喜子さん個人の人生の温もりに触れられたような感覚になったのだ。

二〇〇〇年に多喜子さんが一度里帰りをした際、博子さんも父親の守さんと宮崎空港へ行き、多喜子さんを迎え、抱き合ったのだという。

「おばさん、座るときは立て膝でした。コーヒーを飲むときも。そのときに、向こうで長く暮らしてきたから風習が身に付いているんだなと思ったのを覚えています」

私は高鍋町に三泊滞在した。宿泊先で自転車を借り、三日間、町の中心部や山の方へ出かけた。多喜子さんが子どものころによく遊びにいった舞鶴公園は桜が満開だった。高鍋駅の裏に広がる海岸線はどこか元山の風景と重なって見えた。ここで暮らしていた多喜子さんの姿と、この町にかつてあったであろう風景を想像しながら、時々立ち止まり写真を撮影した。

守さんのご自宅を出る前に、喜美子さんへのビデオメッセージを録ることにした。守さんはカメラの方をまっすぐ見ながら、静かに話し始めた。

「あの……、本当に、姉を面倒みてくれてよ、親孝行してくれてありがとよ……」

メッセージを録画し終わると、「これを喜美子に」と手渡されたのは、白や茶色、ピンク色の貝殻がついた可愛らしい手作りのネックレスだった。

娘と孫に看取られ

「朝鮮式ではね、焼酎を三回に分けてグラスいっぱいに注いで、そしてお線香の上でグラスをもったまま三回まわしてね。こうやって……」

宮崎県の井手守さんを訪れた翌週の二〇一七年四月二五日、私は元山を訪れていた。この日は偶然にも守さんの八六歳の誕生日だった。自宅に安置されている井手多喜子さんの骨壺の前に座り、守さんから預かってきた日本の線香をたて、焼酎をグラスに注ぎ、線香の上で三回まわす。喜美子さんも一緒に手を添えてくれていた。そして、合掌した。

「三年ほど前に、私の友人が家に訪ねてきたときにお母さんに聞いたんですよね。『もしもいつかお母さんが亡くなったときには、どのように埋葬してほしい?』って」

いつか誰にでも訪れる「死」について多喜子さんと交わしたエピソードを教えてくれた。このとき、娘の喜美子さんは、自宅から三〇分ほどの所にある山の共同墓地に眠る多喜子さんの夫・デスンさんの隣に埋葬してほしいかどうか、母親にたずねたという。

「山は知らない人だらけだから、火葬をしたら喜美子ちゃんの横にいたいわ」

多喜子さんは遺骨を家に置いてほしいと娘に伝えた。また、亡くなったときには里帰り事業の際に、友人と昔の担任の先生からプレゼントされた緑色の着物を着たいと話していたという。希望していた通り、多喜子さんはその着物を着て弔われた。

「三年前に話していたことが、こうして現実になりました」

喜美子さんは声を震わせ、涙をこらえながらこう言った。

「いまでも、お母さんが生きているみたいに、出かけるときには「お母さん、行ってくるね」って話しかけたり、何か美味しいものを作ったときには「お母さん、一緒に食べましょうね」って言ったりしてあげているわよ」と言うと、微笑んだ。


二〇一六年九月一日の夜、喜美子さんは久しぶりにカレーライスを作った。多喜子さんは辛いものが苦手だったという。最後まで日本人の味覚だった多喜子さんの口に合わせて、いつも甘いカレーを作っていたという。

「一さじだけ食べて、その後はもう食べなかったんです。それでも、「あともう一口だけ」と言って何とかスプーンで一口食べさせてあげました」

その後、喜美子さんは洗濯をするため、一度隣の部屋に移動した。「戻ってきたら寝床を敷いてあげるからね」と多喜子さんに伝えると、「うん」とうなずいたという。

「洗濯して戻ってきたら、お母さんはこの部屋で横になっていたんです。そのとき、お母さんの目は私が歩く方を力なく追っていたの。慌てて「お母さん」と言ったら目を少しだけ開けるのがやっとで、そして目を閉じたんです。そして「お母さん」と言ったら、少しだけ開けて、またつぶるのよね。それで「お母さん！」とほっぺたを叩きながら、「お母さん、お母さん、どうしてよ！」と言ったんです」

喜美子さんの声を聞いた、息子のグァンミンさんも別の部屋から慌てて飛んで来たという。それから二〇分以上人工呼吸をしたが、すでに遅かった。時計の針は九時四〇分を指していた。

「その瞬間、突然大雨が降って、カミナリの音が響いて。いま、考えてみれば、お母さんは最後に私が部屋に入ってくるのをきっと待っていたんだと思います」

「帰国」まで

多喜子さんの娘、井手喜美子さんは一九五三年七月二六日に次女として福岡県で生まれた。兄の順次さんは四八年に、姉の順子さんは五〇年にそれぞれ生まれた。弟のとうりゅうさんは元山で六四年に誕生している。私が母の多喜子さんに初めて会ったのは、亡くなる三ヵ月半前。最後に会ったのは、亡くなる三週間前だ。すでに八九歳という高齢で、身体も弱っていた多喜子さんに多くを語ってもらうのは、あまりに負担が大きかった。結果的には、喜美子さんの記憶を通して多喜子さんの人生の軌跡をたどることになった。喜美子さんは日本語で会話ができ、昔の細かい出来事を鮮明に覚えている。いまも存命の「日本人妻」と直接会えたとしても、人生のどれほどまで細かい描写や思いを聞き取ることができるのか。多喜子さんの死に直面して、時間も可能性も限られていることを実感した。

多喜子さんの夫で、喜美子さんにとっては父である史大順《サデスン》さんは、一九二一年、日本の植民地下にあった朝鮮半島の中心に位置する鉄原《チョルウォン》に五人兄弟の長男として生まれた。鉄原は、かつてソウルと元山の約二二三キロを結んでいた京元《キョンウォン》線が通っていた交通の要所であった。鉄原駅の周りには紡績工場や教育施設、劇場や店も連なり栄えていたという。この町は北緯三八度線から北に約三〇キロだが、軍事境界線よりは南に位置している。デスンさんが少年時代を過ごした故郷・鉄原は、現在は韓国側に位置していることになる。朝鮮戦争中に激戦地となり、町の中心部は廃墟となった。今では、かつての鉄原の中心部から離れた場所に、南と北それぞれが新たに「鉄原」という名の町を作っている。

デスンさんは日本の植民地下に生きる一人の朝鮮人少年として育った。子どものころ、村の祭りでチャンセナプという朝鮮半島の伝統楽器である笛をよく演奏していたという。喜美子さんが元山で父親の弟から聞いた昔のエピソードを教えてくれた。

「お父さん、子どものころは手に負えなくて凄かったたらしいのよ。おじいさん、つまりお父さんのお父さんは、教育を十分に受けることができなかったけど、漢方の知識や鍼灸《しんきゅう》などはできたそうです。でもお酒を飲むと、大変だったみたいで。そんな酒飲みのおじいさんをからうために、お父さんがある日、庭に落とし穴を掘って水を入れて、その上に草を被せてね、酒に酔ったおじいさんがその穴に落ちるのを、庭の木の上に登って眺めていたみたいなんです」

日本に来た経緯も叔父さんが教えてくれたという。

「お父さんが一六歳の時、鉄原の家の近くの線路に固定されている釘を抜き取ったことがあったらしいんです。その結果事故が起きてね、警察に捕まったそうなんです。お父さんは、そんな感じだから、朝鮮人が日本で労働をすることになったときに、きっと選ばれて「お前が行け！」ということになったんじゃないかって、聞きました」

一六歳で一人日本に来たデスンさんは、九州の炭鉱で働くことになった。一九三七年のことである。この年は日中戦争が勃発した年であり、多くの日本人の労働者が軍事動員されたため炭鉱の労働力が不足したという。同時に、軍需拡大で石炭の増産が求められていた。

デスンさんがどのような経緯で日本へ来たのか、喜美子さんは詳しくは知らない。労務動員計画が策定され、朝鮮半島の朝鮮人労働者が日本の炭鉱などへ配置されるようになったのは一九三九年である。当時を直接知る人は喜美子さんの周りにはいない。手に負えないデスンさんを日本で就労させることになったのか、または警察に捕まり日本へ送られたのか、その詳しい事情は分からない。いずれにせよ喜美子さんは、父親が自ら進んで日本へ渡ったのではないと確信している。炭鉱がどこにあったのか、どのくらいの期間働いたのかは聞いていないという。

「でも、お父さんはやっぱり普通じゃないからね、そこから逃げ出したらしいのよ。そうしたら、誰だか知らないけれど日本人の夫婦と出会って、お父さんを自分たちの息子みたいに可愛がって日本語を教えたり、運転の仕方を教えてあげたりしてくれたらしいんです。それで運転手として働いているときにお母さんに出会って、一緒になったんです」

デスンさんの日本名は清松大順《だいじゅん》。生前、多喜子さんが夫と出会ったときは朝鮮人だと知らなかったと話していたこと、そして多喜子さんの弟・守さんが、デスンさんは日本のことも日本語も日本人以上に詳しかったと回想していたことを思い出した。朝鮮の両親の元に生まれたデスンさんは、見知らぬ土地で「清松大順」として一〇~二〇代を必死に生きてきたのだろう。

多喜子さんの母・シナヲさんは朝鮮人であるデスンさんとの関係に反対していた。そのため、多喜子さんとデスンさんは駆け落ち同然で宮崎を離れ、福岡へ移った。やがて母親は二人の関係を認めてくれるようになったが、それでも一家の生活は厳しかった。多喜子さんの兄がデスンさんに譲った自動車の運転手として働くことで、何とか生計をたてていたという。

喜美子さんがいまでも忘れられない思い出がある。日本を離れる数ヵ月前のことだ。

「小学校で劇を発表することになったんです。私は主役を演じたかったのに、先生から言われたのは蝶々の役だったの。それが本当に悔しくて。主役に選ばれた子はお金持ちの子でね。先生の前で泣いて、家でも毎日お母さんの前でワンワン泣いたんです。でも、お母さんは蝶々の役のための洋服をすでに買ってくれていたんです。あるとき、蝶々の羽根を付けるためにその洋服を縫っているお母さんが、泣いているのを見かけました。そのときに、お母さんも大変な思いをして衣装を買ってくれたのに、私が泣くもんだから悲しくなってしまったんだな、と子ども心に感じました。その瞬間に、我慢をしなくちゃいけないって思ったんです」

喜美子さんは幼いころ、朝鮮半島情勢について報道していたラジオを聞きながら泣いている父の姿を覚えている。一九三七年に一六歳で一人日本へ来てから、一九六一年に四〇歳で朝鮮半島へ「帰国」するまで、二四年間を日本で過ごした。その間、朝鮮半島での日本統治は終わったものの、直後に大国によって三八度線で分断され、故郷の鉄原は自動的に「北」朝鮮に組み込まれた。朝鮮戦争が勃発すると、故郷の鉄原は激戦地となった。

鉄原は三八度線の北側にあったため、デスンさんの親戚の男性たちは人民軍の兵士として戦った。母の妹の息子たち、すなわちデスンさんの従兄弟たちも兵士だったため、ある日、それが理由で叔母の家族が処刑されるという事件が起きた。一家全員が木に縛られたままの惨殺死体で発見された。まだ鉄原に残っていたデスンさんの家族は自分たちにも危険が迫っていると察し、故郷から逃げ、家族それぞれがバラバラに離散した。

デスンさんの妹は鉄原近郊に留まったが、一番下の弟は金剛山《クムガンサン》の周辺へ、すぐ下の弟は東部の元山近郊にたどりついた。デスンさんの母も元山近郊に逃げていたが、ある日お腹が空きダイコン畑を歩いているときに米軍の戦闘機に攻撃され、亡くなったという。ラジオで故郷のことが伝えられるたびに思い出していたのだろう。すでに家族全員が、分断された軍事境界線の北側に暮らしていることを手紙で知ったデスンさんは、帰国事業が始まると「祖国へ帰りたい」という思いを一段と強く募らせていったのだろうと喜美子さんは言う。ただ、当時まだ幼かった喜美子さんは、一家が朝鮮半島へ移住することを直接的には知らされていなかった。

一九六一年七月ごろ、喜美子さんはデスンさんに連れられ、初めて朝鮮学校に行った。

「汽車やバスを乗り継いで、やっと着いた朝鮮学校は本当に小さな家だったんです。私は朝鮮語は分からないし、学校では眠り込んじゃって。そこで覚えた朝鮮語は、アボジ(お父さん)、オモニ(お母さん)、クッパ(スープにご飯を入れた朝鮮料理)くらいでした」

朝鮮学校に一週間ほど通った。そのころから父の故郷に行くのをなんとなく感じてきたという。生まれ育った福岡を去る日、喜美子さんたち兄弟を可愛がってくれていた近所のおばあさんが「これを汽車の中で食べなさいね」と言って、ブドウを手渡してくれたのを覚えている。

元山の自宅のアルバムには、当時八歳の喜美子さんが福岡駅のホームで荷物の上にきょとん

帰国船に乗るため新潟へ向かう汽車の中で父が撮影した
当時8歳の井手喜美子さん(1961年8月，日本)

と座る様子、そして新潟へ向かう汽車の中で無邪気に微笑む写真が残されている。カメラが趣味だった父親のデスンさんが撮影し、プリントしたという。

出港を待つ新潟赤十字センターで過ごしたときの記憶はあまりないが、朝起きて母親の多喜子さんと一緒に敷地内を散歩したことは覚えている。船に乗り込むと、中にはたくさんのソ連人がいた。渡航中、喜美子さんは船酔いがひどくほとんど横になっていた。

「マンセー、マンセー」。清津港に近づくと、遠くから歓声が聞こえた。船から降りると、港で待っていた人々が喜美子さんら兄弟を肩に乗せて歓迎し、せんべいやリンゴをくれた。それでも九州のリンゴと比べると一回り小さかったという。

元山での暮らし

喜美子さんが清津から咸興《ハムン》へ移動する汽車の車窓から見た光景で記憶に残っているのは、どこまでも続くトウモロコシ畑。九月だったということもあり、たくさんのトウモロコシが生っていた。幼いころ、「朝鮮に行けばたくさんトウモロコシを食べられるよ」と、デスンさんに言われたことを思い出した。

もう一つ印象的だったのは、咸興に近づいてきたときに、乗っていた汽車の線路脇にあったたくさんの爆弾の痕。デスンさんは「朝鮮戦争のときにアメリカが落としていった爆弾だよ」

と教えてくれた。咸興には帰国者の受け入れ機関があり、そこで滞在していた約一ヵ月の間に、父親の家族がいる元山で暮らすことが決まったという。

そして、このとき、父を除く家族全員に新しい名前が与えられた。

母は「井手多喜子」から「史希秀《サフィス》」へ。

娘は「井手喜美子」から「史美玉《サミオク》」へ。

「国の人が名前を作ったのよね。大人の人たちが決めたみたいです。ある日「いまから朝鮮の名前はこれだよ」と言われて」

「受け入れるまでに時間がかかりませんでしたか？」

素朴な疑問をたずねた。

「それは、当たり前よ。ようやく慣れてきたのは学校に通い始めてから。友達からは「ミオク」と呼ばれるし。朝鮮語が分からなかったけど、話しかけられるときに一番最初に名前で呼ばれるからね。だから、すぐに慣れていったわよ。年を取っていたら大変だったと思うけどね」

帰国してすぐに、元山市から二〇キロほどのそう遠くはない地域に暮らす父の親族に会いに行った。デスンさんにとっては二四年ぶりの再会だった。デスンさんの弟は爆弾の影響で耳が遠くなっており、大声で話さないと通じなかったという。父の妹の一人は食堂で働いていた。

家では、子どもたちが早く朝鮮語を覚えるように、デスンさんが壁に朝鮮語を書いた紙を貼り付けていたという。

「「一番上の段を暗記しなさい。できなければ、外に遊びに行くな」と言われたり、あるときは「お父さん、ちょっと友達と一緒に遊びに行ってきますと朝鮮語で言ってみろ」と言われたりね。一つ一つ朝鮮語を覚えていったのよね」

喜美子さんは当時を懐かしそうに振り返った。喜美子さんの生まれた一九五三年は朝鮮戦争が休戦した年で、同年代の子どもたちは少なかったという。その代わり、学校のクラスには中国やソ連、日本からの帰国者の子どもたちが多くいた。また、当時は不発弾があちこちに落ちていた。子どもたちがそれを触り、爆発して亡くなってしまうこともよくあったという。そのため元山では立ち入りが制限されている場所も多く、子どもたちだけで山に遊びに出かけたりすることはあまりなかった。

喜美子さんが朝鮮語を不自由なく話せると感じるようになったのは、三年ほどたったとき。末っ子のとうりゅうさんが学校に行くようになると、母親の多喜子さんも一緒に学校に通って言葉を学んだ。

「帰国者、そして母親が日本人ということで差別をされたりしたことはないですか?」

「朝鮮に来たときはね、私は子どもたちの間でガキ大将みたいな感じだったのよね。だから、周りの子たちとはすぐに仲良しになったわ。あとは学校では課外活動が盛んだったから、カヤグム（朝鮮の伝統楽器）や舞踊など何にでも顔を出して。朝鮮語を知らなくても面白くて。だから、小さいときは何も神経つかうようなこともなかったのよ」

ある日、学校で習った笛を自宅で練習しているときに、デスンさんが突然喜美子さんの笛を手に取って上手に演奏を始め、驚いたことがあった。デスンさんは日本にいるときに楽器の演奏をすることなどなかったからだ。そのとき、父が幼いころに故郷の祭りで、チャンセナプを演奏していた話を叔父から聞いたことを思い出したという。

これまでに聞いてきた喜美子さんのエピソードや、アルバムに残る写真、そして私自身が取材を通して受けた印象から、喜美子さんが子どものころから社交的で、誰とでも親しみやすい性格だったということは理解できる。どこの国でもマイノリティーに対する差別感情や偏見は存在する。まして、わずか二〇年ほど前まで朝鮮半島を支配していた日本に憎しみをいだいていた人たちも多くいたはずだ。差別を受けた日本人や帰国者はもちろんいただろう。一方で、渡航時にまだ子どもだったということもあり、喜美子さんのように環境に慣れていった人もいたのだろう。

喜美子さんは二〇歳から、二六歳で結婚をするまで、地元の日用品工場に併設された幼稚園の先生として働いた。結婚相手の李在校《リジェギョ》さんは東京・足立区出身の在日二世。父は済州島《チェジュド》で生まれ、日本にやってきたという。李さん一家は一九六七年に帰国事業で元山へ来た。喜美子さんは幼稚園の園長先生の紹介で、当時元山芸術学院のピアノの先生をしていたジェギョさんとお見合いし、結婚した。二人の間に生まれたのが光敏《グァンミン》さんだ。夫のジェギョさんは二〇〇五年に病気で亡くなっている。

日本人の集い

元山には日本からの帰国者が多く暮らしていた。井手多喜子さんが若いころは、日本人たちが集まり懐かしい日本の歌を歌ったりすることもあったという。一九九〇年代前半には、行政当局から元山の「日本人妻」たちに対し便宜が図られるようになり、金剛山や平壌、白頭山《ペクトゥサン》などへの団体旅行が催されるようになった。その際に撮影されたモノクロ写真もアルバムに多く残されている。

「これ、平壌で撮影されたんです。ここに住んでいる日本人のおばさんたちがみんなで行ったときの写真なんです。いまはほとんどが亡くなったわよ」

ページをめくりながら、喜美子さんがある一枚の写真のところで手を止めた。四〇人ほどが写っている集合写真。一九九三年ごろに平壌の大同江《テドンガン》の近くに建つ蒼光山《チャングァンサン》ホテル前で撮影された。この写真には多喜子さんも写っている。喜美子さんは中央に立つ一人の女性を指差した。

「このおばあさん、魚屋さんなんです。残された日本人なのよね。残留日本人。もう亡くなってしまって、名前は覚えていないんだけど、みんな「魚屋さん」と呼んでいたんです」

一九四五年の終戦直後、引き揚げの際に家族と生き別れて、その後をこの国で生きてきた残留日本人の女性のことだ。これまで朝鮮半島北部に残された残留日本人個人の存在が知られることはほとんどなかった。この取材の時点で存在が明らかになっている存命中の残留日本人は、咸興に暮らす荒井琉璃子さん（第4章）のみだ。「魚屋さん」として生きてきた残留日本人の女性が、この日本人の集団の中に当たり前に存在し、多喜子さんたちと同じ時代を生きてきたのだ。この写真に写る女性たち「個人」の人生が記録され、残されていくことはほとんどなかっただろう。日本では「北朝鮮に帰国し、その後、行方が分からなくなった」と思われている人々なのかもしれない。

「苦難の行軍」のころ

井手多喜子さんの夫・デスンさんは元山で木材や鉄筋などの建設資材を購入し、建設現場へ運ぶ仕事などに携わっていたという。一九九六年に脳出血で亡くなった。デスンさんが亡くなった直後に、多喜子さんが寂しがると思って犬を飼い始めたという。

「朝鮮語も日本語も両方理解するのよ。お母さんが怒るとお母さんのタンスにオシッコをか

元山の「日本人妻」たちが平壌を訪れた際の集合写真．前から2列目，右から4人目が井手多喜子さん．同列，左から4人目が皆川光子さん（第3章），同5人目が残留日本人の「魚屋さん」(1993年ごろ)

けることもあったわ」

トミーと名付けられたこの犬は八歳で死ぬまで、家族の一員として大切に育てられた。

それまで、元山での日々については楽観的に話していた喜美子さん。私は、一九九〇年代半ばからの飢饉を喜美子さん一家はどう乗り切ったのかを聞かないといけないと思っていた。

一九九〇年代半ばから数年間、この国の全域を大飢饉が襲った。正確な犠牲者の数は分からないが、少なくとも二〇万人、多いものでは二〇〇万人が亡くなったとされている。一九九六年一月には朝鮮労働党機関紙『労働新聞』の社説で、飢饉と経済的な苦難を乗り越えるため、「苦難の行軍」というスローガンが全国民に呼びかけられた。

この話題に触れた瞬間、喜美子さんの表情がこわばった。そして、気を取り直したように少し考えてこう話し始めた。

「朝鮮に来てからね、私はすぐに友達もできたし、何があっても前向きに生きてきたんです」

少し笑うと、こう続けた。

「でも、ちょうどお父さんが亡くなる時期に「コナネヘングン(苦難の行軍)」が起きて、配給が半分になったり、お米からトウモロコシに主食が変わったりしていきました。周りの人たちの中には道端の草を採ったり、山に行ってドングリなど、食べられるものは何でも採ってきたりしていました。あるときは、稲を刈って田んぼに残った茎の下の部分を使って、粉にしてお

井手多喜子さんの自宅前で撮影された家族写真．前列が多喜子さんと夫のデスンさん．後列左から次男・とうりゅうさん，長男・順次さん，次女・喜美子さん（1984年11月，元山）

湯で薄めて飲んだり、トウモロコシの粉と混ぜて麺を作ったりもしていました。この時期は一番大変でした」

当時は生きていくために、質よりも量が大切だったのだという。喜美子さんは、海外から船で届いた食糧支援物資が届けられたことも話してくれた。

「エンドウ豆が入っていてね、食べたこともあったわよ」

そしてもう一つエピソードを語った。

「ある日、近所の労働党の人が袋に入った三キロのお米を家に届けてきてくれたことがあったんです。自分たちだって本当に大変だったのにね。節約して分けてくれてね。そのときのあの人たちの姿がいまでも忘れられないのよ。あのときは本当に大変なときだったから」

喜美子さんが突然感情的になって涙を流した。それまでは抑えた表情で、当時を思い出して話をしてくれていたが、思い出すのも辛いほどの経験を語っているのだと実感した。

朝鮮語と日本語

井手多喜子さんの長男・順次さんは、若いころは道路工事などの責任者として活発に働いていた。七〇歳を過ぎた現在は自宅で過ごしている。長女の順子さんは夫と咸興で暮らしている。音楽の才能があった末っ子のとうりゅうさんは、元山の第二師範大学という主に芸能分野の人材を輩出する専門大学で学び、金管楽器のホルンを演奏していた。卒業後は農業用機械などを作る工場の責任者を務めていた。

とうりゅうさんは、長く咸興で暮らしてきたという。しかし、一九九六年に父親のデスンさんが亡くなった知らせを聞いた際、慌てて元山に向かう大型トラックの荷台に乗り込み、事故に遭った。トラックが横転し、顔に大けがを負い肋骨を何本も骨折するなどし、それが原因で身体に大きな障害を負ってしまった。現在は普通に歩けるというが、基本的には自宅で静養している。喜美子さんも含め、兄弟全員の結婚相手は日本からの帰国者だという。

「私たちの世代だと、帰国者同士で結婚していたんだけど、私の息子くらいの世代になると、もう相手が帰国者の家族でも、そうじゃなくても全然関係なくなるのよね」

喜美子さんはこう説明してくれた。息子のグァンミンさんには婚約者がいるが、彼女は帰国者の家族ではない。人民軍に所属している女性だという。多喜子さんが亡くなり三年間は喪に服すため、結婚は控えているという。

家の中での多喜子さんと喜美子さんの会話は、常に朝鮮語と日本語が混ざっていたという。日本語の「行った」は朝鮮語では「カッタ」。これを混ぜて、人が「行っちゃった」という表現をするときに「かっちゃった」と言っていた。日本語の「灰皿」は朝鮮語では「チェットリ」。多喜子さんは灰皿のことを「ハイトリ」と呼んでいた。多喜子さんは日本にいるときからの愛煙家で、取材中にも時々、タバコで気持ちを落ち着かせることがあった。

二人の間にはこのように日本語と朝鮮語を繋げて作った単語がたくさんあった。近所の友人たちには、何のことを話しているのか分からなくても、多喜子さんと喜美子さんだけが理解できる言葉で話をすることがよくあったという。

「家の中では、多喜子さんは喜美子さんのことを何と呼んでいましたか?」

「「喜美子」って言っていたわよ」

「朝鮮名のミオクではなく?」

「いえいえ、朝鮮名じゃないわよ。ずっと「喜美子、喜美子」って」

「喜美子さんはお母さんのことを何と呼んでいたんですか?」

「私は「かあちゃん、かあちゃん」って言ってたのよ。九州弁だからね」

「オモニとは呼ばなかったんですか?」

「地元の人たちがいる前では言っていたけど、二人の時は、「かあちゃん」って」

朝鮮に渡って五五年。二人は最後まで日本にいたときと同じようにお互いを呼び合っていた。

大切な家族

私たちはオンドル(床下暖房)で暖かくなっている居間の床に座りながら、時間を忘れて話し

井手多喜子さんの 60 歳の誕生日に自宅の庭に集まった親族.
一番上が娘の喜美子さん(1987 年 4 月，元山)

込んでいた。窓際には、井手多喜子さんが大切にしていたアロエの鉢が一年前と同じように置かれたままだ。この家は多喜子さんが元山に来てから暮らした三軒目の家。最初の八年間は海の近くのアパートで、一九六九年からは平屋の一軒家で、九四年から亡くなる日までをこのアパートで暮らした。私が座るこの場所で、多喜子さんは一年前に亡くなった。

娘の喜美子さんが用意してくれたお茶を飲んで一息ついた所で、私はパソコンを開いた。多喜子さんの弟の守さんからのビデオメッセージを喜美子さんに見てもらうためだ。最初は状況を把握していなかった喜美子さんも、画面に守さんの映像が表示されると、離れたところにいた息子のグァンミンさんを呼んだ。

「グァンミン、一緒に見るよ。こっちに来なさい」

そして私は、画面に一時停止されたままの状態で表示していた守さんの映像を再生した。

「本当に、姉を面倒みてくれてよ、親孝行してくれてありがとよ……」

守さんがカメラを通してこちらに向かって話しかけ始めると、喜美子さんの目から涙があふれてきた。叔父の守さんの動いている姿を見るのは五六年ぶりだ。ハンカチでギュッと目元を押さえた。隣に座るグァンミンさんも目に涙を溜めながら見つめていた。母と祖母が日本語で会話するのを聞いて育ったグァンミンさんは、日本語を話すことはできないが会話は何となく理解できる。そして守さんは続ける。

「これからも供養してもらわないといけないから。末永く面倒みてください。また、会える日を楽しみにしているけどね、叔父さんも八六歳になったもんで、今月で。趣味も多いし頑張っている。作り物、歌などで頑張っているから。健康も検査をしても異常無し。一〇〇まで生きるつもり。それまでまだ一四、五年あるからね。まだ大丈夫。本当は行って会いたいけどね。気持ちは十分にあるけど。本当に、平和になるのを待っています」

画面を見つめながら喜美子さんは口元を押さえて、涙を拭き、そしてうなずきながら、時々笑顔も見せながら静かに画面に見入って聞いていた。

「あー、叔父さん、随分年を取ったわね」

四歳のとき、着物を着て母・多喜子さんと、守さんの結婚式に出かけた。その日、黒留袖を着た多喜子さんは招待客の席を回り、挨拶をしながらお酒を注いでいた。幼い喜美子さんは、その横にくっ付いて遊んでいると守さんにひどく叱られた。その帰りに立ち寄った公園で、着物をきたまま思いっきりブランコに乗って遊んだ。

私は、守さんから預かっていた手作りの貝殻のネックレスを喜美子さんに手渡した。

「叔父さんありがとう、本当にありがとうございます。誠意を込めて作っていただいて」

右の手のひらに貝殻を置き丁寧に触れていた。

「ハルモニ(おばあちゃん)が」

宮崎に住む叔父・井手守さんが作ったネックレスを着けている
喜美子さんと息子のグァンミンさん(2018年6月，元山)

グァンミンさんがネックレスを指差しながら、朝鮮語で喜美子さんに静かに話しかける。

「そうよね、生きていたら、喜ぶのにね。これを見たら、どんなによかったでしょうね」

「多喜子さんは、どんなおばあちゃんでしたか？」

隣に座るグァンミンさんに聞いてみた。しばらく下を向いて、何を話そうか考えている様子だった。沈黙が続いたので、喜美子さんが代わりに答えようとした。ちょうどそのとき、「おばあちゃんは僕を本当に可愛がってくれました、小さいときから……」。こう言うと、グァンミンさんは優しかった祖母を思い出し、悲しみをこらえるように歯を食いしばった。

母乳が出なかった喜美子さんの代わりに、多喜子さんがよくグァンミンさんの面倒を見て可愛がっていたという。グァンミンさんも多喜子さんが亡くなる前、夕方に職場から帰ると、熱いお湯に浸したタオルをしぼって多喜子さんの身体を拭いてあげていた。喜美子さんが同じことをしようとすると、力が強いので多喜子さんは嫌がった。それでも、ピアノを専門に勉強してきたグァンミンさんの手の動きはとても繊細で柔らかいため、優しくマッサージをすると、多喜子さんは気持ちよく、すぐに眠ってしまったのだという。

喜美子さんは、日本の小学校に通っていたころ、朝礼のときに先生がオルガンを演奏するのを見ながら、いつかピアニストになりたいという夢を持っていた。結局自身はピアノを専門に学ぶことはなかったが、息子には絶対ピアノを勉強してほしいと思い、小さいころから音楽を勉強させた。グァンミンさんは元山芸術学院を卒業し、現在は作曲家として劇場に勤め、主に民族管弦楽の作曲や編曲を行っている。私は初めて会ったときから、祖母・多喜子さんや母・喜美子さんへの接し方を見て、家族思いの男性なのだという印象をいだいてきた。日本人の祖母、日本で生まれた両親を持ち、ここ元山で生まれ育ったグァンミンさんは、日本を直接は知らない。

「過去の日本の歴史や植民地時代のことは私も教育を受けているので、私の日本に対する感情は他の朝鮮人と一緒です。でも国の政治と個人は違います。私のおばあちゃんは日本人で、お母さんも日本生まれです。日本人であるということは関係なく、おばあちゃんはおばあちゃんで、私の何にも代えられない大切な家族なんです」

心の痛み

歴史のうねりの中で年を重ねてきた井手多喜子さん。最期は家族に囲まれた安らかな往生だった。喜美子さんが私に何気なく言った、この言葉がずっと心の中から離れないでいる。

「あなたがこうしてお母さんに昔のことを聞くでしょ。そうすると、ちょっと神経つかうんですよね。昔のことを思い出すと、心に痛みがあるんです。身体も弱いでしょ、赤ちゃんみたいなの、身体がね。だからかわいそうなんですよね」

多喜子さんが亡くなる三週間前に取材をしたときのこと。里帰り事業のときに、故郷の母・シナヲさんのお墓の前でどのような言葉をかけたかという質問をした。多喜子さんは声を出すことができず、代わりに喜美子さんが答えてくれた。

多喜子さんがこの国へ渡ってきたのは随分と昔の出来事だ。それでも、彼女たちにとっては、日本での思い出や家族との別れは忘れられない特別な記憶なのだ。日本人として日本で生きてきた過去と、朝鮮民主主義人民共和国の公民として存在する今の自分。時代と政治に翻弄されながら、生きてきた人生。人生の最後の段階で、突然日本人である私が多喜子さんの元を訪れた。そして、小さな身体でずっと抱え続けてきた「痛み」を刺激してしまったのかもしれない。それは他の「日本人妻」の女性たちの取材でも同じだろう。

多喜子さんは、私が神社で買った「健康祈願」の日本のお守りを亡くなるまでずっと、腹巻きの中に大事に入れてくれていたという。そしていまは、骨壺の後ろに大切に置いてくれている。

「でもね、お母さんが生きている間に、あなたが行ったり来たりするの、ちょっと遅かったね。叔父さんもこうやって貝殻など送ってくれたのに」

私があと半年早く多喜子さんに出会っていれば、守さんのビデオメッセージも、手作りのネックレスも直接多喜子さんに手渡すことができた。

自宅で息をつく井手多喜子さん
(2016年8月，元山)

「だから早く「クッキョチョンサンファ」してね、行ったり来たりできるようになればいいのに、これ何ていうの日本語で？」

「国交正常化……」。私は答えた。

帰り際、喜美子さんは手作りの緑色と白い毛糸のマフラーを守さんに、赤いマフラーと帽子を私に用意してくれていた。

「こうやってさ」と言って、マフラーを私の首に巻き、帽子を頭にかぶせてくれた。

「お母さんが生前かぶっていた帽子の毛糸を使って編んだのよ。渡せるのをずっと楽しみにしていたの」

うっすらと涙を浮かべて微笑んだ。多喜子さんが日本に里帰りしたときに、裁縫や手芸が趣味である喜美子さんへのおみやげとして持ち帰った編み針を使って編んだものだった。両手でしばらく触れていると、多喜子さんの人生の温もりが時代と国の壁を超えて身にしみてくるのが感じられた。

第2章　緊迫する状況の下で——「火星14」、核実験の年に

二三時間の旅

午後五時二七分、北京駅で乗車したK27次国際列車がプラットホームをゆっくりと動き出した。車両の通路に備え付けられた椅子に腰掛け、完全に暗くなる前に車窓から外の街並の写真を撮っていると、少し離れたところで同じように外を見つめる茶色のシャツを着た男性と目が合った。少し日焼けをした、その男性は軽く微笑んで会釈をした。

二〇一七年夏、私は北京駅から平壌駅まで移動する寝台列車に乗り込んだ。所要時間は約二三時間。距離にして約一三六〇キロ。長い旅が始まったばかりだ。乗車した一三号車の硬臥車(二等寝台車)は、二段ベッドが二組ずつ設置された四人部屋のコンパートメントが一車両に何室も並ぶ。北京駅から中朝国境の丹東市までの約一四時間は、部屋に私一人。しばらくはゆっくりくつろげそうだ。ベッド代わりになる座席は小柄な私が足を伸ばして寝るのには十分な広さで、毛布と枕、シーツが用意されていた。北京から平壌までの乗客は同じ車両にいる六人のみ。私以外の五人は全員朝鮮の人たちだ。中国国内で降りる乗客は別の車両にいた。

空が完全に青黒くなった夜八時ごろ、先ほど目が合った男性が話しかけてきた。

「どこから来たんですか?」「一人で平壌まで行くのですか?」

男性の名前はウィさん。片言だが、コミュニケーションを取るには十分な英語力だった。

「私は日本人です。一人で平壌まで旅をします」

「日本人、それも一人で平壌に？　驚きましたよ」

こう言うと、これから皆で食事をするからと私を夕食に招いてくれた。私の部屋から三つ先にある個室をのぞいてみると、ウィさんの同僚たちが、段ボール箱からキムチやゆでタマゴ、白飯などが入った五人分の弁当、そしてのり巻きや卵焼きなどが入った容器を取り出していた。空になった段ボール箱をひっくり返してテーブル代わりにすると、その上に食べ物を並べた。定員四人の寝台車の一室に、私を含む計六人が集まった。

「お腹空いているでしょう。遠慮しないで食べてください」と言って、私に割り箸と紙皿を分けてくれた。彼らはすでにスーツを脱ぎ、白い綿のシャツと短パン姿でリラックスしていた。

北京から平壌までの二三時間は、日本語や英語のできる専門のガイドや案内人が付かない。どこまで会話が続くか分からなかったが、一人部屋に閉じこもり北京で買ったサンドウィッチを食べ、眠くもないのにとりあえず横になり目を閉じて一日を終えるよりは、この親切な乗客たちと一緒にいる方が明らかに充実した時間を過ごせると思った。

五人は皆、西アフリカでの仕事を終えて帰国する途中だという。ウィさんは医師としてナイジェリアで、他の四人は労働者としてギニアで数年間、それぞれ活動していた。

「本当に暑くてマラリアなどの伝染病も蔓延し、生活するには正直大変な場所でした。それでもアフリカの人々は本当に親切でした。肌の色など関係ないと心から実感しましたよ」

ウィさんはこう言うと右手で左腕の皮膚を指差した。めずらしい日本人に興味をいだいている彼らに対して、私はこう聞いてみた。

「日本に対して、そして日本人に対してどんな印象を持っていますか？」

この国の人々がいだく日本の印象は決して良くない。良くないどころか、最悪だ。一九一〇年から四五年までの日本の植民地時代の歴史は、小さいころから徹底的に教育される。「日帝時代の蛮行」の歴史を伝える写真や記事などが、各地の博物館で展示されている。彼らもこのような博物館には何度も足を運び、反日感情をいだいているはずだと思った。

すると、彼らは気まずそうに少しだけ笑った。そして、一人がこう返事をした。

「過去の歴史もありますから、日本に対していい印象を持っている朝鮮人はいないですよ」

こう言って、私を真っすぐ見た。そして続けた。

「それでも、いまの日本人に対して憎い気持ちはありません。過去は過去で、これからはどうやって親しくしていけばいいか考えることが大切だと個人的には思っています」

彼はため息をつきながら、私が手にしていた紙コップにビールを注いだ。

その後はたわい無い話で盛り上がり、時計を見るとあっという間に午後一〇時になっていた。

前日の日本からの移動もあり、疲れも溜まっていた。

「じゃあ、そろそろ寝る時間だね」と一人が言った。

私は部屋に戻り、タオルと歯ブラシを持って、車両の一番奥にある洗面台に向かった。そして再び部屋に戻ると、そのまますぐにぐっすり眠りについた。

入国

翌朝、窓から入る光で自然に目が覚めた。午前六時。カーテンを開け、外を見ると、中国ののどかな田舎の風景が広がる。そして、昨夜の乗客たちとのやりとりを忘れないように、手帳に書いた。

午前七時すぎ、少しずつ高層ビルが見えてきた。次第に赤いレンガの壁が視界に入り、そしてそのままスピードをゆっくりと落とし、中朝国境の街、丹東に到着した。私たち六人は一度荷物をすべて持ち出し、駅の構内で出国手続きや税関検査を済ませ、再び同じ列車に乗車した。

丹東からはたくさんの乗客が乗り込み、車内はずっと賑やかになった。朝鮮人が七割ほどで、中国人が三割ほどだろうか。乗客数が増えるため、さらにいくつもの車両が連結された。このときから二人の朝鮮人男性と同室になった。目の前には中朝国境の川、鴨緑江《アムノッカン》にかかる中朝友誼橋が見えている。その後、列車はガタン、ゴトンとレールを渡る重々しい音を立てながら、ゆっくりと動き出し橋を渡り始めた。コンパートメントの外の通路に立つ中国人乗客の何人かは、スマートフォンで外の風景を夢中になって撮影している。

川の向こう側には建設中の集合アパートや、三本の煙突から黙々と煙を出す工場、そのずっと向こうには山が見える。列車が走る中朝友誼橋の隣に架かる鴨緑江断橋は朝鮮戦争中に破壊された橋で、川の真ん中あたりから先が完全になくなっている。全長約九四六メートルの橋を渡り終えて新義州《シニジュ》に到着した。橋を渡るのに一〇分もかからなかった。

新義州のプラットホームに掲げてある金日成主席と金正日《キムジョンイル》総書記の大きな肖像画を窓ガラス越しに見た瞬間、「あぁ、入国したのだ」と実感し、自然と身が引き締まるような緊張感を感じた。手荷物検査が終わり、ここからゆっくりと列車は平壌に向かって進む。同室の男性は、ビニール袋一杯に入っているクワリという黄色い果実を分けてくれ、それを時々食べながら車窓の景色をじっと眺めていた。

昼になると隣の部屋では四人の男性たちが食事を取っていた。たまたま部屋の前を通り過ぎたとき、白髪の朝鮮人男性と目が合った。すると、流暢な英語で「Are you from Japan ?（日本から来たのですか?）」とたずねてきた。スポーツ関係の仕事で一〇年以上ヨーロッパに暮らしているという李さんは、時々平壌とヨーロッパを行き来しているという。荷物検査のときに、隣の部屋の私が日本人だということが検査官の話で分かったらしい。

「Yes, I am from Japan.（はい、日本から来ました）」と返事をすると、すぐに「You are very welcome.（歓迎します）」と言葉をかけてくれた。彼の子どもはヨーロッパで育っており、Facebookなどのソーシャルメディアも当たり前のように使っているという。李さんの向かいの陽気な男性に「一緒に飲みましょう」と誘われた。

私は彼らの部屋の入口近くの座席に座り、ビールと干したミョンテ（スケトウダラ）を食べていた。私の向かいに座る李さんは、ちぎったミョンテを小皿に入れた醤油にたっぷり付けて食べる私をしばらくめずらしそうに見てから、こう聞いてきた。

「海外メディアの報道を聞いて、朝鮮に一人で来るのが怖いと思いませんでしたか？」

長年ヨーロッパに暮らす李さんは、各国のメディアがこの国をどう報じているかをよく知っている。こんなにストレートな質問をされるとは思ってもいなかったので、一瞬とまどった。

「今回で朝鮮を訪れるのは八回目なんです。一〇〇パーセント安全が確保されている国など、世界中どこにもありませんから」

李さんは、ニコリと微笑んだ。

窓の外はしばらくトウモロコシ畑が続く。時々、通り過ぎる農村の子どもたちがこちらに手を振っている。ヤギの群れを連れて芝生の上で休憩する男性、川で洗濯をする女性たち、飼い犬の頬に顔を寄せ撫でながら地べたにしゃがみこんで物思いにふけっている男性。新義州から

トウモロコシ畑で作業をする農家の人たち
(2017 年 8 月，新義州)

平壌－北京間を移動する国際寝台列車のコンパートメントで
食事をする乗客(2017 年 9 月，新義州)

平壌までの景色を目に焼き付けておこうと、乗客たちと話している時以外はずっと外の光景を見つめていた。

「こんにちは！」

個室の外の通路に備え付けられた椅子に移動し景色を眺めていると、突然日本語で、こう呼びかけられた。声をかけてきたビジネスマンの金さんは、一ヵ月に五日間ほど中国を訪れ、建設資材を扱う貿易の仕事をしている。しかし、経済制裁で中国からの輸出が難しくなっているという。平壌外国語大学で英語を専攻し、副専攻は日本語だったというが、卒業後は日本語を使う機会がなかったため、ほとんど忘れてしまったという。「ありがとうございます」など、覚えている日本語を恥ずかしそうに披露した。そして、「日本の人に会える機会が来るなんて。日本語を覚えておけばよかったよ」と英語で言った。

この日の夕刻に平壌駅に到着する予定だったが、二日前の豪雨の影響で駅手前の橋がダメージを受けた。そのため手前の順安《スナン》駅で降車することになった。乗員からの正式なアナウンスはなかったが、乗客の間では到着の二時間ほど前から噂になっていた。

「平壌で私を待っているはずの案内人の方たちは、その情報を知っていると思いますか？」

金さんに英語で聞いてみると、「大丈夫ですよ。絶対に伝わっていますから。もしも誰もいなければ宿泊先のホテルまでタクシーで送っていきますよ。私も市内の方に向かいますから」

とまで言ってくれた。

日が沈む直前に到着した順安駅は、プラットホームがポツリと線路の真ん中にある小さな駅だった。私の案内人の二人はこの駅で待っていた。

「ここでは普段外国人が降りることはないんです。貴重な経験をしましたね」

案内人の一人がこう言った。全員がこの小さな駅で降りると、それぞれが迎えの車に乗り込み各地に散っていった。平壌市内まで車で約三〇分。気がつくと外は真っ暗になっていた。

緊迫した二〇一七年

私が初めてこの国を訪れたのは、日本に拠点をおくNGOの活動に同行した二〇一三年の夏だった。この年の三月に開催された朝鮮労働党中央委員会の全体会議では、「アメリカの核脅威にさらされている中で、朝鮮が核武力を質的・量的に強化せざるを得ない」と宣言された。「経済建設」と「核武力建設」の並進」が路線として示され、それは朝鮮中央通信を通じて発表された。

私は二〇一四年、一五年、一六年と毎年訪朝を続けていたが、朝鮮半島情勢、そして日朝関係は常に緊張状態にあった。それが最高潮に達したのが二〇一七年だった。二〇一七年元旦の「新年の辞」で、金正恩《キムジョンウン》委員長は大陸間弾道ロケットの試験発射の準備が「最終段階」にあると発表し、世界中から注目を集めた。同時に北南関係の改善や、朝鮮民族の団結も訴えていた。

この年の一月二〇日に就任したトランプ米大統領は、「過去二五年間の歴代大統領が取ってきた北朝鮮の核問題に対する政策は失敗だった」とし、軍事行動も辞さないとする強硬姿勢を見せた。四月には原子力空母「カールビンソン」を朝鮮半島近海に派遣し、開戦危機説も騒がれた。この時期ミサイルが立て続けに発射されるなど、情勢が緊迫していた。

開城の高麗人参農家

二〇一七年七月二八日、私は南部の都市、開城を訪れた。近くには朝鮮戦争の休戦協定が締結された板門店《パンムンジョム》があり、また、世界遺産に登録されている開城南大門、宮殿跡の満月台をはじめ高麗時代の寺院など歴史的な遺産も多く残り、この国を訪れる外国人観光客のツアーに組み込まれる地域だ。

私は開城近郊で高麗人参を育てる地元の人を取材しようと、三年ぶりに開城を訪れた。以前、ドイツの雑誌の仕事で韓国の高麗人参農場を撮影したことがあった。その際、「分断される前は開城で高麗人参を育てていました。土質や気候などが一番適していたのです」と、農家の女性が話していたことがあり、実際に開城の農場での撮影と取材を計画していた。

平壌から車で約三時間、開城の市街を越えて私がたどり着いたのは、南北の軍事境界線近くの畑だった。敷地内に二階建ての建物があり、収穫後の品質チェックなどをする女性たちの様子をガラス越しに見学した。その後、農家の人を撮影するために、建物の外へ出ることになった。しかし、実際に畑で作業をしている人が見当たらない。私の目の前にいるのは、先ほど建物を案内してくれたスーツ姿の責任者の男性二人だけだった。この二人の男性を撮影することはできるが、私が取材をしたかったのは、実際に畑で日常的に作業をしている人たちだった。どのように高麗人参を育て、韓国と近いこの場所でどのような思いで暮らしているのか――。

私はその場に立ったまましばらく何も言わなかった。平壌から一緒にここまで来た案内人たちは、これまでに何度も取材で一緒に行動してきた人たちだ。私の無理な要求にも耳を傾けてくれたことが何回もあった。彼らができる限りのことをして、農場まで案内してくれていることは理解しているつもりだった。この状況を受け入れなくてはいけないと思った。

「日ごろから畑で高麗人参を育てている方の取材をしたかったんです。もし今日そういう方がここにいないのであれば、写真を撮らずに平壌に戻り、また来年にでも来たいと思います」

「また来年」と、口では言ったものの、正直残念だった。すべて私のタイミングだけで取材ができる環境であれば、何時間でもここに座り続けて、農家の人がやってくるまで、ひたすら待っているだろう。しかし、それはできない。慌ててはいけない、これまでも何度もそう私自身に言い聞かせながら、取材を続けてきた。今回もそう自分を説得した。

案内人の二人は私の心情を理解しているようだった。二人とも少し複雑な表情でしばらく黙っていたが、一人が現場の責任者を連れて、五メートルほど離れたところに移動した。彼らが何を話しているかは分からなかったが、しばらくして戻ってきて、「別の畑に移動しましょう」と話しかけてきた。

「高麗人参の畑は点在していますから、他の所にいけば農家の方がいるかもしれません」

私たちは歩いていけるほどの距離にある別の畑に移動した。この畑には、背丈が三メートルほどの大きなヒマワリが所々咲いていた。私の肩の高さには、ワラでつくった日よけが連なり、直射日光と強風から畑を守っていた。畑の奥で高齢の男性が作業をしている姿がわずかに見えた。明らかにたまたまここで作業していた男性だった。私はすぐに駆け寄って話しかけた。

「こんにちは」

驚いた様子でこちらを振り向いたが、突然の訪問者にもかかわらず、すぐにほがらかな表情に変わった。ふっくらとした薄緑色の帽子をかぶり、上下紺色のリラックスした洋服を着ていた。少し挨拶を交わしただけで、どこか親しみを感じる素朴な男性だった。

男性の名前は、金在相《キムジェサン》さん。一九三八年に開城で生まれた。ここから歩いて二〇分ほどの所にある家で暮らしているという。金さんが作業の合間によく休憩するというカエデの木の下の古い椅子に腰掛け、話を聞くことにした。近くには小さな豆畑もあった。

「両親も農家で、高麗人参だけではなく野菜も育ててきました。育て方、種を蒔いてから収穫まで、すべて父に教えてもらいました。種の状態から気を使わないと、質の良い高麗人参は育ちません。種の収穫はだいたい毎年七月二〇日ごろです。最初は高い温度で、次は低温で種を保存する必要があるので、まずは夏の土の下に、そしてそのまま冬の土の中に入れておきます。翌年の四月一〇日ごろに種を取り出して、栽培場所に蒔くのです」

ワラの日よけは伝統的なやり方で、風通しも良いという。毎朝五時ごろ起きて、朝食後に歩いて畑まで来るという。七時には作業を始め、時々休憩しながら夕方まで働く。

「朝鮮戦争で家は焼け、村の多くは破壊されましたが、私は山に逃げて無事でした。二二歳のときに結婚し自宅で式を挙げました。妻は白と藍色のチマチョゴリを、私はスーツを着ました」

のどかな畑で金さんと話をしていると、韓国との境界線がすぐそこで、ここが緊張状態にある軍事境界線の近くだということを、忘れてしまいそうだった。

「いま、アメリカ軍と南朝鮮の軍隊が合同で軍事演習をしていますが、この場所に暮らしていて、脅威を感じることはありませんか?」

「いえ、ありません。ですが、朝鮮はいつ統一できるのかなということは、ここに座りながら考えることはあります。私の日常はただただ続いていくんです」

開城の軍事境界線近くにある高麗人参農場
で働く金在相さん(2017 年 7 月，開城)

金さんは穏やかな口調で語った。一時間ほど椅子で話をきいたあと、畑でポートレートを撮影した。ワラに手を置いてレンズを見つめるたたずまいは、とても落ちついていた。嫌な顔一つせず最後まで対応してくれた。取材が終わり、私を見送る際、かぶっていた薄緑色の帽子のつばを右手で軽く上げながら笑顔で会釈してくれた。金さんは再び畑の方へ戻っていった。

「予定をしていなかった取材をさせていただいて、時間もだいぶ過ぎてしまいました。ありがとうございました」。現地の責任者の男性に私はこうお礼を言った。責任者の男性は「いいえ、彼にお願いされましたから」と言うと、案内人の男性を軽く指差した。

この国では急な撮影や、思い通りのタイミングでの取材はできないことは多い。そのため、まずは与えられた環境を受け入れ、その中で私自身の視点をどのように保ち、実践できるかを常に考えるようにしてきた。私がどれだけ写真を撮りたいか、案内人たちも分かっている。写真家としてこの国を訪れながらも、ほとんど写真を撮影しないで日本に帰国したことが何度もある。

案内人はそんな私のことを何年も見てきた。私が「今日は撮影しないで平壌に帰ります」と伝えたときに、「分かりました。では帰りましょう」、あるいは「ここの責任者の方のポートレートでも撮ってください」と言ってしまえば、ずっと楽だったはずだ。余計な仕事をしないですむからだ。それでも、この日のように案内人が私の希望する取材ができるように、間に入って交渉をしてくれることが何度もあった。私が初めてこの国に来たときにはできなかった場所での撮影も、何年か経ったときには、当たり前のように撮影できるようになったこともあった。予定時間をだいぶ過ぎた夕刻、平壌へ向かうために車に乗り込んだ。車が夕暮れの開城市街に入った時に、私は隣に座る案内人の男性に改めて言った。

「本当にありがとうございました」。この短い言葉に感謝の思いを込めた。彼は「よかったね」と答え、それ以上、何も言わなかったが、目尻にシワを寄せて微笑んでいた。

二度目のICBM

この日の深夜、大陸間弾道ミサイル（ICBM）「火星14」の二度目の発射実験が行われた。報道で知ったのは、翌日の夕方。滞在しているホテルのカフェで、何気なくテレビに目を向けたときだった。金正恩委員長が現地で指揮する様子、そしてICBMが炎をあげて夜空に真っすぐ飛んでいく映像が、さまざまな角度から画面に映し出されていた。

二日後の七月三一日、私は平壌産院を訪れた。入口には黄色いタクシーが何台も並んでいる。この日は、子どもを産んだばかりの女性に話を聞くために産院を訪れていた。

一九八〇年に開院したこの病院で三〇年間働いているという医師は、七月四日に一度目の「火星14」の発射実験が行われて以降、男児に「ファソン（火星）」と名付ける親が増えているという。

「なぜ「ファソン」という名前を付けるのだと思いますか？」と、私は聞いてみた。

医師はこう答えた。

「子どもが大きくなったころには、平和が訪れていますように、という願いを込めているのです」

平壌に暮らす「日本人妻」

日本と朝鮮半島の関係を昔の人は「唇歯輔車《しんしほしゃ》」と呼んだという。唇と歯のように関係が密接で、お互い助け合っていく間柄にあること。豊臣秀吉による朝鮮侵略など、ある時期にその関係が崩れることもあったが、江戸時代には朝鮮の使節団が日本を訪れ、文化や学問の交流も行われた。しかし、明治の「征韓論」、一九一〇年の韓国併合によって、この関係は完全に崩れた。そして、一九四五年の日本の敗戦から三年後、冷戦によって分断された朝鮮半島の北側に朝鮮民主主義人民共和国が誕生した。

いま、この国を日本人が見つめるとき、その視線の先には、一定の固定化された国のイメージが像を結ぶ。日本人を拉致した「不気味」な国。ＩＣＢＭを打ち上げ、核実験を繰り返す国。この国のイメージの源泉は、この国が誕生して以降、特に二〇〇〇年代以降のメディアでの報

平壌で暮らす「日本人妻」の堀越恵美さん
(2017年4月，平壌)

じ方の影響が圧倒的だ。一方で、かつての植民地時代のこの国の記憶は忘れ去られてしまっている。

平壌の中心を流れる大同江の目の前に建つ、高さ一七〇メートルの主体《チュチェ》思想塔。一九八二年に金日成主席生誕七〇年を記念して建てられた石塔の上からは、平壌市内が一望できる。植民地時代に平壌に暮らしていた、ある日本人男性は、当時この下を流れる大同江でよくシジミを採ったことを懐かしそうに話してくれた。

川を挟んだ対岸には、金日成広場がある。北隣の万寿台《マンスデ》の丘には、金日成主席と金正日総書記の銅像がある。日本のテレビにたびたび登場する場所だ。そのすぐ近くには、かつて日本が建てた平壌神社が存在した。軍事パレードが行われる金日成広場の周辺には、七五年ほど前、日本人街があった。日本人の子どもが通う学校や郵便局があったのだ。

金日成広場の中心に繋がる「勝利通り」の周辺には、かつては日本人街の「大和町」があり、その中心には「大和町通り」というアカシア並木の通りがあった。路面電車が走り、煉瓦造りの朝鮮商業銀行や写真館や呉服屋などの商店が軒を連ねていた。一九二三年（大正一二年）に発生した平壌の大洪水で、大和町通りが完全に水であふれかえっている古い写真を見たことがある。私が勝利通り沿いのホテルに滞在するときには、よくホテルの窓から下の風景を眺め、この通りの昔の姿、そしてこの街に暮らしていた人々の姿を想像する。

「私が生まれた家の最寄り駅は馬橋（東京都杉並区）。中央線だと高円寺です。名前のめぐみを漢字で書くと、恵まれて美しいという字です。名前負けします。ハハハ」

こう無邪気に笑う堀越恵美さんを初めて訪ねたのは、二〇一六年の春だった。

堀越さんは勝利通り沿いの二六階建ての高層アパートに暮らしている。裏口からこの建物に入りエレベーターに乗ると、中で椅子に座って待機していたエレベーターを操作する中年の女性が、堀越さんが暮らす二五階のボタンを押してくれた。

「よくおいでになりました」

こう言って迎えてくれた恵美さんはとても滑舌がいい。ベッドが置かれた八畳ほどの部屋の窓から私の滞在する近くのホテルを見下ろすと、とても小さく見える。ずっと平壌に暮らし、これまでに三度引っ越し、ここには一九九七年から住んでいるという。

「本当に景色がいいですね」

「そうなんです。祝典で花火があがるときにも、若い人たちが踊りを踊るときにもここからよく見えるんです。下に行かなくてもいいから楽ですよ」

一九三四年九月一八日、高校と大学で国文学を教えていた父・松太郎と母・シズの長女として東京で誕生した。弟が三人いるという。子どものころ近所の寺で友達と遊んだことが懐かし

高校時代に撮影された当時 16 歳の堀越恵美さん
（1950 年，日本）

いと話す。高校を卒業し、一八歳のときに新橋の美容整形外科で受付の仕事を始めた。

「目を二重にしたり、女性の胸を大きく膨らませたり、皮膚のシワをとったりね。たくさんの女性たちが来ていましたよ」

夫の宋順植《ソンスンシク》さんと出会ったのは、働き始めてから一年後。スンシクさんは恵美さんの実家近くで下宿をしていたという。

「時々、職場へ向かう私の後を黙って付けて来るようになったんです。それが何ヵ月も続いて、新橋の病院の前まで来るようになって。それであるとき、「一緒に帰りませんか？」と話しかけられるようになりました」

「それは恵美さんに一目惚れをして、付いてきたということですか？」

「はい、常に付いてきましたよ」

付き合うようになった当初は在日朝鮮人だとは知らなかったが、結婚の話が出てきたときに恵美さんに打ち明けたという。

「最初は驚きました。主人は南朝鮮の全羅南道《チョルラナムド》の木浦《モッポ》の出身です。色黒で人情がある人でした。子どものころは勉強がしたくても、家が貧しくて生活が苦しくてできなかったそうです。それで一五歳のときに密航船に乗って一人日本にやってきました。それでもなかなか学校には行けないし、食べるのも大変で。主人がどれだけ苦労をしたのか、よく分かるんです。付き合い始めたとき、あまりにも日本語が上手で朝鮮の人だとはまったく分からなくて。それほど一生懸命日本語を覚えたのだと思います。あるときはパチンコ屋で働いて、あるときは運転手をしたり、仕事もしょっちゅう変わりました。朝鮮の人たちは日本で暮らすのが本当に大変だったんです」

夫は恵美さんよりも一一歳年上。両親は朝鮮人の男性との結婚に反対した。

「「家が欲しければ家をあげます。お金が欲しいと言われれば、お金もあげるけれど、娘はあげられません」と父は主人に言いました」

結局、恵美さんが二二歳のときに反対を押し切って二人は小さなアパートで一緒に暮らすようになった。約一年後に娘が生まれると、両親は「生まれた子どもはかわいい」と二人の関係を認めてくれるようになった。それでも二人の生活は苦しかった。

「ご飯を食べるときには両親の家へ行ったり、援助が必要なときにはお金をもらいに行ったりすることもありました。本当に苦労をかけました」

恵美さんは、小さくため息をついた。

帰国事業が始まると、夫は帰国することをすぐに決めたという。一九六〇年六月一〇日、恵美さんが二五歳のときに「トボリスク号」に乗り、一家は新潟を出港した。

「帰国船に乗って、朝鮮に行こうと決意した一番の理由は何だったのですか？」

「主人は日本で本当に苦労をしていましたし、私たちには三歳と一歳の子どもがいましたが当時日本にいた朝鮮人の子どもたちは差別され苦労していたんです。だから主人が「子どもを連れて朝鮮に行きたい」と言いだしました。私は自分が産んだ子と別れることなんてできないですから、一緒に付いてきましたね。子どもたちのために、ここに来たんです」

実家の父から「自分で選んだ道なのだから、責任を持って子どもを立派に育てろ」と最後に言われたことも、恵美さんを後押ししたという。「それでも日本の親族たちはお葬式のように、悲しんでいました。朝鮮に渡る直前に親族が集まったときには、みんなバラバラの場所に座って、あっちでも、こっちでも泣いてばかりで、本当に辛い思いをしました」と振り返る。

「母は私たちを見送るために、新潟まで来て、市内のホテルに泊まったのですが、主人に「恵美は私の一人娘です。この子を連れて行った後に、頼むから苦労だけはさせないでください。苦労をさせたら枕元に化けて出ます」と言っていました。さすがに「化けて出るからね」って言ったときには、笑ってしまいました」

渡航後の生活

渡航後、清津で一〇日ほど過ごしたのち、恵美さん一家は平壌へ配置された。

「結果的に平壌で暮らせることになってよかったです。私は東京で育ったので、都会じゃないと暮らせない。母も「娘は絶対に平壌じゃないと生活できない」と、主人に話していたんです」

平壌に着いてすぐに下の子が日本脳炎にかかり、亡くなってしまった。恵美さんは悲しみの中で、新しい土地での暮らしをスタートさせた。一九六三年には三人目の子どもが誕生。数年後には、学校に通い助産師の資格を得るために必死に勉強をするようになった。ノートは朝鮮語と日本語がぎっしりと混じっていたという。そして、三七歳から助産師として働くようになった。その後一三年の間に、三五〇〇人近い新生児を取り上げた。

「病院だけでなく、妊婦の自宅に直接行くこともありましたよ。夜中の一時に呼ばれたり、女性の代わりにご飯を作ったりすることもありました。初めて男の子が生まれた家庭で一緒に「良かったね」と喜んだり。あのころが一番生き甲斐がありましたよ。昼も夜も忘れてとにかく一生懸命でした。いまでも平壌の市場などへ行くと、「先生、私の子ども、こんなに大きくなったんですよ」って言われてね。私は覚えていなくても、彼女たちは覚えているんです」

恵美さんは生き生きとした表情でこう語った。

夫は、農業機械作業所と呼ばれる農機具を作る会社で運転手として働いていた。しかし一九七二年、恵美さんがまだ三八歳のときに突然病気で亡くなってしまった。それから四〇年以上、一人で子どもを育ててきた。平壌市内の「日本人妻」の女性たちとは交流があったという。その中には平壌外国語大学で長年日本語を教えていた女性もいたそうだ。

「私が暮らす平壌の中区域には一三人の日本人女性がいました。いまでは、みな亡くなってしまい、私一人だけが残っています。私は二〇〇〇年に里帰り事業で日本を訪れることもできましたし、私の両親は四回も私を訪ねて平壌に来てくれました。他の日本人女性たちの多くは一回も両親に会えないまま亡くなっていきましたが、私は本当に幸せだと思います」

父親の九〇歳の誕生日を平壌で一緒に祝ったことを嬉しそうに話していた。

堀越さんは一九六三年に生まれた息子の宋静哲《ソンジョンチョル》さんと、妻の安潤玉《アンユンオク》さん夫婦、孫二人の五人で暮らしている。息子のジョンチョルさんも、父と同じ運転手の仕事をしている。里帰り事業で日本を訪問した際、元山に暮らす井手多喜子さんと親しくなり、その後時々電話で近況を話し合っていたそうだ。二〇一七年に私が堀越さんを再度訪れたときには、多喜子さんが亡くなったことを悲しんでいた。娘の喜美子さんから聞いたのだと言う。

私は、二〇一五年一〇月、同じく平壌市内に暮らす福島県会津出身の日本人女性、奈良キリ子さんの自宅を訪ねたことがある。玄関の扉を開け、室内に一歩入った瞬間に、「あー、祖国の方が来てくれた」と言って、手を差し出してくれた。日本語を流暢に話す息子さんと一緒に、昔のアルバムを開きながら一時間ほど話をした。よく笑う女性だった。その際、写真は一枚も撮らずに「次は春に来ますから、そのときに取材をさせてください。できれば写真も。また会いましょう」と言って、握手をして別れた。別れ際に、玄関先でキリ子さんから「思い出に持って行って」と、赤と白のハンカチをいただいた。

しかし、半年後に平壌を再訪すると、彼女はすでに亡くなっていた。結局、私の手元にはキリ子さんの写真は一枚もない。時間が経つにつれ、正直、キリ子さんの顔の表情が少しずつ私の記憶から薄れていくような感覚さえある。別れ際、念のために一枚でも写真を撮影しようかと思ったが、当時はまだこの国で取材を始めたばかり。念のために、という中途半端な気持ちで写真を撮ることはやめた。慎重すぎたかもしれない。だが、あの日写真を撮らなかったことは後悔していない。ただ、普通に話ができても、次はないかもしれない、これが最後かもしれないという思いで取材をしなければいけないと、キリ子さんの死を通して痛感した。

「また、来年会いましょう」

今回もキリ子さんのときと同じように、こう言って、玄関先で恵美さんの手を握った。前屈みになって立つ恵美さんはこちらを見ながら、扉が閉まるまで手を振っていた。

清津へ

二〇一七年八月二九日、平壌から高麗航空の国内線で北部の漁郎《オラン》空港へ向かった。平壌から約六五〇キロ。一時間弱で到着した小さな空港は、海までわずか数百メートルの場所にあった。

ここは清津や七宝山《チルボサン》、中国と国境を接する会寧《フェリョン》などへ向かう際、基点となる空港だ。着陸後にバスに乗って、空港の玄関口まで移動した。案内人が待っていると聞いていたが、どこで落ち合うのだろうか。バスから降り、辺りを見回していると、一人の男性が近づいてきた。

「Are you Ms. Hayashi?（林さんですか？）」

声をかけてきたのは、咸鏡北道《ハムギョンブクド》を訪れる外国人を案内する李さんという男性。一人でここにやってくる日本人女性ということだったので、すぐに私だと分かったという。

さっそく乗用車に乗り込み、約四〇キロ離れた清津へ向かった。私と同い年でストレートに意見を言う李さんとは、すぐに打ち解けたような気がした。清津出身の李さんは、子どものころに数年間、テコンドーを専門に学ぶ学校に通っていたという。背は高くはないが、身体はガッシリしている。二〇代のころには、朝鮮人民軍の兵士として五年間、軍事境界線の両側に南北それぞれ二キロに広がる非武装地帯（DMZ）で軍務についていたという。以前、板門店を訪れたときに非武装地帯に配置された兵士たちの表情を車窓からじっと見つめていたことがある。彼らはどんな家庭に生まれ、どんな夢を持ち、今どんな思いでここにいるのだろうかと考えていたが、李さんも一〇年ほど前まではこうした兵士の中の一人だった。

軍を退いた後、李さんは平壌外国語大学で中国語と英語を学んだ。卒業後しばらくは平壌にいたかったが、兄が亡くなったため両親のことを考え故郷の清津に戻ってきたのだという。

「南朝鮮に行ったことはある？」。突然、李さんが私に聞いてきた。

「うん、あるよ。ソウルには友人もいるし」

「南の人たちはいい人たちだと思う？」

「そうね、ここの人たちと一緒だよ」。こう答えると、李さんは一瞬驚いたような顔をして、目を大きく見開いて私を見た。それでも、次の瞬間には私にこう言った。

「僕たちは歴史も言葉も多くを共有している。同じ朝鮮民族だからね」

私も質問をした。

「日本のことはどう思う？」

列車で居合わせた朝鮮の人たちに投げかけたのと同じ質問だ。一瞬窓の外を見てから、再び私の方を向き、こうはっきりと私に言った。

「こんなことを言うのは申し訳ないけど……、朝鮮人の多くは日本が嫌いなんだよ。でも、個人的には日本の人たちは本当にいい人たちだと思っている。これまでに僕が案内してきた日本人からは、一人として嫌な印象を受けたことはなかった。全員が親切で礼儀正しかった。君だって一緒だよ。一人一人向き合えばこんなに簡単に分かり合えるのに、国同士になると上手くいかないね。僕の言いたいこと分かる？」

「うん、よく分かる」

私は目を見ながら大きくうなずいた。今度は彼が聞いてきた。

「七月にＩＣＢＭを発射したことについてはどう思う？」

率直な質問に驚いた。

「えっと、ＩＣＢＭ……。私もそのときに平壌にいたんだけど……」

ＩＣＢＭの発射のことだけでなく、それに至るまでの国際社会の動きなど、すべてを含めて聞いているのかと考えていると、彼は私の答えを待たずにこう言った。

「アメリカが南朝鮮と軍事演習したりしなければ、ＩＣＢＭを飛ばしたりはしないよ」

彼はこう言って、窓の外を見た。

この直後、私たちは途中立ち寄った漁村で車から降り、岩場近くを散歩した。

この時、隣を歩いていた李さんに「朝鮮の歌で知っている歌はある？」と聞かれた。私は一ヵ月前に平壌で取材をした、一五歳の朴真理《パクチンリ》さんが好きだと話していた歌を思い出した。彼女は生まれつき視力がないが、歌うのが好きで歌詞を暗記していた。「『ネ・シンジャン・エ・モクソリ（私の心の声）』であれば、リズムは分かる。でも、歌詞は分からないの」と答えた。歌謡グループ・モランボン楽団の歌をホテルのテレビで何度も見たことがあった。

「あ、その歌、僕も好き」。こう言うと、李さんはスマートフォンのミュージックリストからこの曲を選び、スピーカーモードにした。私たちはこの曲を聞きながら、海岸近くを歩いた。

この時期、木造のイカ釣り漁船が何隻も海に出ている。すぐそこでは漁師の男性たちが船の中で装具の点検をしたり、しゃがみこんで休んだりしている姿があった。船にはランプもぶら下がっていた。私たちは再び乗車し、清津を目指した。

清津港は今回の咸鏡北道の旅で、必ず訪れたい場所だった。各地で取材をしている「日本人妻」の女性たちが新潟港から渡航し、初めて目にしたのが清津港だったからだ。

彼女たちが船のデッキから見た風景と現在の風景とでは、だいぶ様子は変わっているだろう。海岸沿いには数えきれないほどの船着き場があり、港のすぐ近くには薄緑色やオレンジ色のアパートが並んでいる。港の全景が見渡せる場所で何枚も写真を撮影した。

李さんは数年前から日本語を勉強している。清津には今も日本からの帰国者が多く暮らしており、東京から帰国した近所に住む七〇代の男性を時々訪ね、日本語を教えてもらっているのだという。今回の清津での滞在は二日間だったが、その日程表も日本語で書いたものを漁郎空港で手渡してくれた。ひらがなの使い方の簡単な間違いなどはあったが、それでも慣れた英語ではなく、あえて日本語で打ち込んで用意してくれていた心遣いが有り難かった。

さらに羅先へ

翌日、さらに北部の羅先《ラソン》に向かうため、朝早く清津を出発した。

右側の車窓には延々と海が広がり、左側の車窓には山や農村が続く。この時期、道端にはピンクのコスモスが咲いている。時々、馬や牛に引かれた車の荷台に乗る子どもたちの横を通り過ぎ、二時間弱で税関に到着した。ここから先は朝鮮半島最北東部の羅先経済特区。ここで咸鏡北道の案内人から羅先専門の案内人に交代する。

「今回の旅に満足していますか？　色々と不便な所もあったかもしれませんが、理解をしていただけていたら嬉しいです」

二日間案内をしてくれた李さんは別れ際、こう私に告げた。

羅先経済特区は中国、ロシアと国境を接する。豆満江《トマンガン》の対岸に中国の琿春市とロシアのハサン地区が位置する。この地域ではマグネサイトや鉄鉱石、陶磁器原料などの資源が採れる。

この日、羅津《ラジン》駅から約一キロの地点に位置する羅津港へ向かった。ここには帰国事業の後期に使われた、初代の「万景峰号」が何本ものロープで埠頭にピタリと横付けされていた。元山にある「万景峰92」よりも、だいぶ小さく船の下部は錆びついており、老朽化を感じさせる。デッキに立て掛けられた朝鮮民主主義人民共和国の国旗が風になびいていた。湾の向こうの埠頭にはロシアから運ばれてきたという大量の黒々とした石炭が山積みになっている。これらの石炭は東南アジアへ輸出されていくという。

羅先市には香港資本のエンペラーホテルがある。この最高級ホテルの滞在客のほとんどが、一階のカジノを目当てに訪れる中国人観光客だという。冷房が効きすぎたホテルのエントランスには、大きなヤシの木が入った巨大な鉢が置かれている。カジノ内の撮影は禁止されているが、中に入ると、それぞれのテーブルに中国人客が五、六人ずつ腰掛け、一〇〇ドル札を机上に出して楽しんでいた。全体では四〇人ほどだろうか。足早に室内を回り、すぐに外に出た。

「どうでしたか？」

中に入らず入口脇で待っていた案内人の男性に、こう聞かれた。

「やっぱり、カジノよりも外の自然の風景を見ている方がいいなと思います」

「ハハハ、そうですよね。じゃあ行きましょう」

彼はこう言い席を立った。私たちは少し離れた海辺で散歩をすることにした。

羅先で滞在するホテルは海に面していた。ホテルへ向かう途中に通過した漁村には、平屋の家が並ぶ。屋根の上には二メートルほどの高さの細長い木の柱が等間隔に立てられ、柱と柱は白いロープで結ばれている。採ってきたイカを干す女性たちの姿が見られた。窓辺では唐辛子を干している家庭もある。夕方、海の向こうに夕陽が少しずつ沈んで行くのをホテルの部屋の窓からじっと見ていた。ここでの一日は他の都市よりゆっくり時間が過ぎていく気がした。

「火星12」発射

翌日、市内の市場を訪れた。たくさんの野菜や米などの食材が並ぶ中を歩いていると、中年の女性に手招きをされ、ドライフルーツを渡された。満面の笑顔で「味見をしてみて」と言っているようだ。この時、たまたま案内人の男性と数メートル離れて歩いていたので、私を地元の人と勘違いしているのだろうか。フルーツを少し口に入れた。

写真の撮影は禁止だったが、屋根付きの巨大な建物の中は自由に動き回ることができた。一階は野菜や果物などを中心とする食料品、二階は洋服や結婚式用の白いチマチョゴリ風ドレス、家具、化粧品、靴、お菓子などが売られている。家庭から普段着のまま飛び出してきたような恰好の女性たちが、商品を売っている。平壌の市場や百貨店とは違い、まるでタイやカンボジアの屋外市場のように、賑やかで活気ある様子がとても新鮮だった。

この日の夕方、コーヒーを飲むために市内のホテルのロビーにある喫茶店に立ち寄った。店員の女性がコーヒーをいれる傍らで、女性の娘だと思われる小学生の女の子が、絵を描いて遊んでいる。このシンプルな二階建てのホテル「南山《ナムサン》旅館」は、かつては満鉄、南満州鉄道株式会社が沿線の主要都市に展開していたヤマトホテルの一つで、一九三九年に開業された「羅津ヤマトホテル」だという。改装はされているが、当時の面影をさりげなく残している。

二日前の八月二九日、中距離弾道ミサイル「火星12」が発射されていた。私が平壌から飛行機で漁郎空港に到着し、その後清津市へ向かうまでの間に、案内人の李さんと延々と話をしていた日の朝のことだ。コーヒーを飲み終わり、南山旅館から出ると、旅館の入口の上部に設置されている大型スクリーンに「火星12」が発射される映像が流されていた。しばらく足をとめて画面に見入る男性たちもいれば、気にする様子もなく、子どもを連れて散歩をする高齢の男性、忙しそうに自転車に乗って前を通り過ぎていく女性もいる。

その後、夕食を終え滞在先のホテルの受付のすぐ脇で案内人の男性二人と話していると、受付のカウンターに置いてあるテレビで夜のニュースが始まった。「火星12」の発射成功について大々的に報じる内容だった。ロビーに居合わせていた男性は、私が日本人だと分かると「北海道のオシマというところを通過したらしいよ」と、北海道を通過する様子を分かりやすくジェスチャーで伝えてくる。

「オシマ?」。私は彼に確認した。

彼は誇らしげに言うが、その表情からは親切心で事細かに私に状況を説明しようとしているように見えた。後になってオシマとは渡島半島のことだと分かった。彼はこう続けた。

「いま、日本では大騒ぎになっているみたいですよ。国中でアラームが鳴っているらしいよ」

「アラーム?」

私は思わず聞き返した。このニュースが日本で大きく報道されていることは容易に想像でき

南山旅館の大型スクリーンに映し出される，中距離弾道ミサイル「火星 12」発射のニュース映像(2017 年 8 月，羅先)

たが、アラームが鳴っていることなどはまったく想像できなかった。日本の反応について、ここでは誤った情報が伝わっているのだと思った。空襲警報のようなアラームが日本で鳴ったのかと想像してみたが、それは有り得ないとすぐに思った。

「それはきっと間違った情報ですよ。日本でアラームが鳴り響くなんて、考えられません」

私は案内人の男性を通して、こうはっきり伝え、再びテレビの方に目を向けた。だが、後に日本に帰国して分かったことだが、彼らが言っていた「アラーム」とは、「Jアラート（全国瞬時警報システム）」のことだった。彼が聞いていた情報がある意味正しかったのだ。

ミサイルが大きく映し出され、発射前のカウントダウンの映像に切り替わり、画面に「10」、「9」、「8」と数字が表示され始めたときに、ちょうど中国人の女性の団体客がホテルのロビーに入ってきた。ヒールがある靴のかかとをコツコツ鳴らしながら、派手な色のスーツケースを引きずり、受付に向かって小走りで私の目の前を通り過ぎた。チェックインの手続きをするカウンターのすぐ隣に置かれたテレビのニュースなど、彼女たちはまったく気にもとめず、和気あいあいとおしゃべりをしていた。ミサイルが映し出された緊迫感ある画面と、それとは正反対の光景を同時に見つめながら、何とも不思議な気持ちになった。

再び列車で

羅先を離れ二日後の九月二日、私は平壌駅をいまにも発車しようとする列車の中で、窓越しにホームを見つめていた。再び二三時間をかけて、今度は北京へ戻る。私のすぐ横には、同じようにホームをじっと見つめながら、感情を抑えきれずに涙を流す男性が立っていた。ホームの群衆の中から小学生くらいの女の子とその母親がこちらに向かって走ってくる。そして男性が立つ窓ガラスに手を当て、彼と同じように涙を流した。これから中国へ向かう父親を見送りにきたのだろう。映画の一場面に映し出されるような、とてもドラマチックな光景だった。

私も平壌でお世話になった二人の案内人に窓ガラス越しに手を振ったが、隣の男性がずっと気になってしまう。しばらく会えない別れなのだろうか。行きの列車で出会ったアフリカ帰りの人たちを思い出した。この列車には長い旅から帰る人も乗れば、これから旅に出る人も乗る。さまざまな人たちの感情とともに、北京と平壌を行き来しているのだ。

列車が少しずつ動き出した。通路のすぐ後ろのコンパートメントの部屋に戻ると、さきほどの男性が腰掛け涙を拭いていた。私と同じ部屋らしい。目が合うと恥ずかしそうに微笑んだ。

「しばらくご家族と会えなくなるんですか？」

「はい。これから三年間、仕事で中国に滞在するんです」

窓ガラス越しに手を合わせていた女の子は七歳の娘だそうだ。貿易関連の仕事をする彼が国外へ行くのは、今回が初めてなのだという。カバンの中にしまってある家族の写真を見せてく

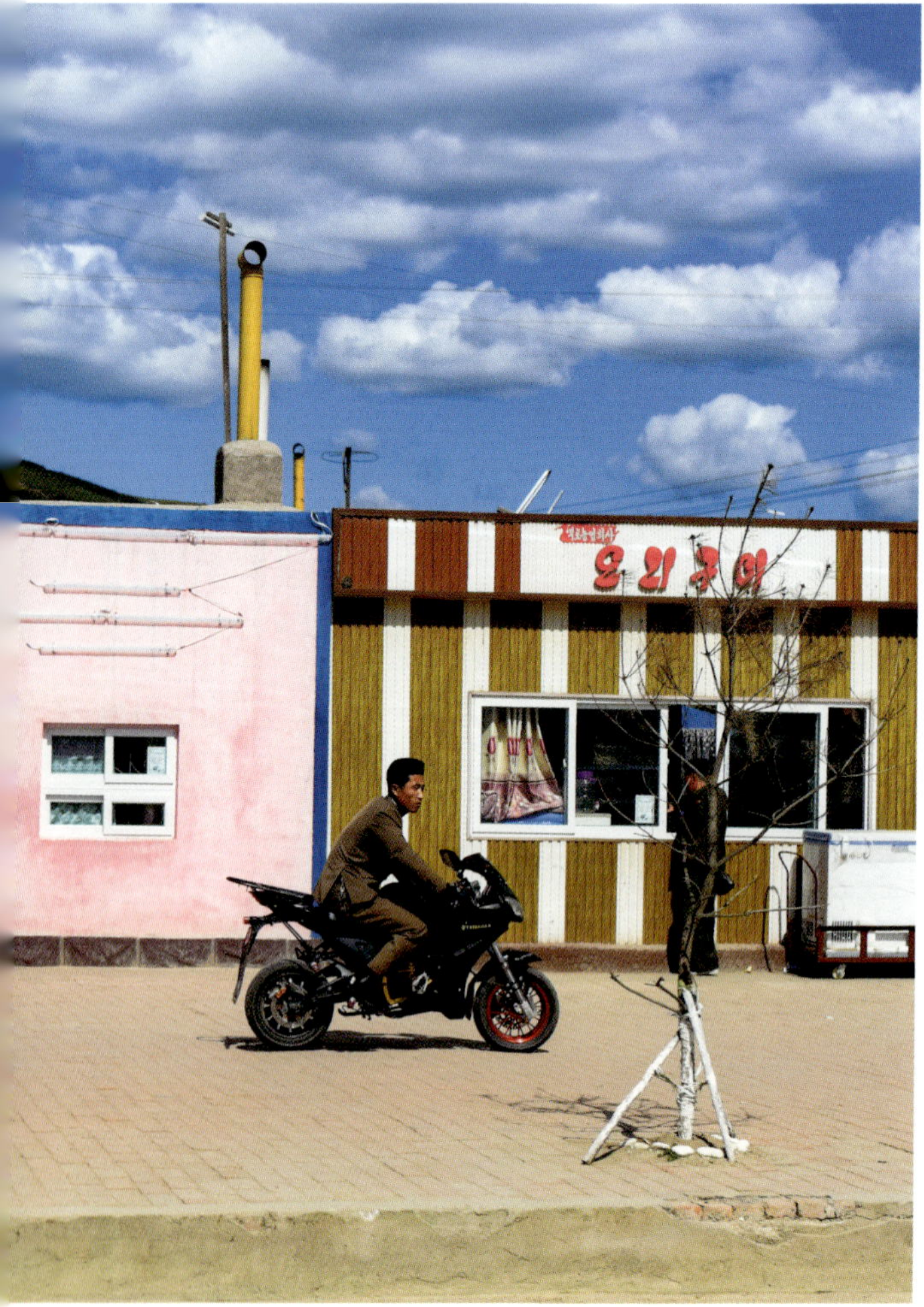

羅先経済特区内にある海辺の町(2017 年 8 月)

종합수리
약 국

れた。三年前に平壌の中央動物園でロバに乗って笑顔を見せる娘の写真や、祖父母の肩に手を回して撮影した記念写真など、家族のプライベートな瞬間を写した一枚一枚だった。

すぐ向かいには、スーツを着た二人の男性が座っている。二人は仕事で度々中国を訪れているという。二人とも、金日成総合大学の博士課程を卒業したというエリートである。

「妻が作ってくれたのり巻きなんです。一緒に食べませんか?」

さきほど涙を流していた男性はすっかり明るい表情になり、声をかけてくれた。私たち四人は空いた段ボール箱を裏返し、のり巻きやアヒルの丸焼きなどを乗せ、ビールを注いだ。列車の中では、家族のこと、日朝関係、日本の住宅や仕事について、真剣に、ときに大笑いしながら、景色を見るよりも夢中に話し込んだ。

翌日、北京駅に到着すると同室の三人と私は四人で駅の出口まで一緒に歩いて向かった。北京駅前の広場は、たくさんの人々でごった返している。

その中に彼らの迎えが複数人、立って待っていた。そのうちの一人が私の方を見ながら、彼らに何かをたずねていた。

「イルボンサラム(日本人)……」。こう答えているのが聞こえた。私のことを確認したのだろう。これ以上三人と一緒にいては迷惑がかかると察し、私の方から黙って離れた。私はスーツケースを手に、彼らに背を向けて二〇メートルほど歩き、再び振り返ると三人と目が合った。

旅先で親しくなれば、Facebookなど連絡先を交換する。そして、どんなに生活拠点が離れていても、ふと気が向いた時に瞬時に短いメッセージを送り合えれば、繋がっているのだと実感し、世界は狭いのだと感じる。先ほどまであんなに近くに感じていた彼らが、突然遠い存在に感じられた。とても不思議な感覚だ。偶然の機会がなければ、もう二度と会うことはないだろう。こう思いながら、腰の辺りで小さく手を振った。すると、彼らの一人は同じように手をふり、もう二人は少し笑って軽く会釈をした。再び駅を背にして歩きながら、彼らとの列車でのやりとりを思い出していた。

私はそのまま、北京駅から歩いて一〇分ほどの場所にあるスターバックスコーヒーへ向かった。ネットが繋がると、ロイター通信北京支局に勤める外国人記者の友人に連絡をした。この日の夕方に出発する羽田行きの飛行機のチェックインまで時間があった。北京空港へ向かう前にコーヒーを一緒に飲むことにしたのだ。現地に滞在中は、経費を抑えるためインターネットを繋げていない。溜まったメールに返信しているうちに、あっという間に正午を過ぎ、友人が到着した。とても焦っているようだ。

「たったいま、北朝鮮北東部で大きな地震があった。でも、記者たちの間では、これは地震じゃなくて、何らかの爆発か、もしかしたら核実験じゃないかという話になっているよ」

興奮しながら、こう言った。同僚記者たちとやりとりをしているのだろうか、落ちつかなそうに携帯のメッセージをチェックしたり、時々忙しそうに電話でやりとりしたりしている。私はそんな彼の様子を久しぶりに口にするキャラメルマキアートを飲みながら眺めていた。

「北東部か……」とだけ、返事をした。北東部にはつい二日前まで滞在していた。その瞬間、咸鏡北道の案内人だった李さんや、漁郎空港から清津へ向かう途中で窓越しにすれ違った子どもたち、木の下で休む農民たちの姿が目に浮かんだ。彼らも揺れを感じたのだろうか――。

この日の午後三時半、朝鮮中央テレビは「水爆実験に完全成功した」と発表した。咸鏡北道豊渓里《プンゲリ》付近で行われた核実験だった。

帰国する飛行機の中で、私は飛行経路の画面を見ていた。その時、「元山」「清津」の文字が朝鮮半島の地図に表示された。何だかとても冷たく遠い場所のような印象を受けた。海辺に立ったときには二つの国があんなに近く感じられたのに。だが、すぐに現地で出会った一人ひとりとのエピソードを再び思い出していた。そのとき、この瞬間も確かに現地で生きる彼らの姿が自然に想像できた。

第3章　アカシアの思い出

——北海道から、お腹の子とともに

六〇年の記憶

「なんと言うんでしょうね。海というのは非常にいいんですよね。心惹かれますよね。いい意味でも、悪い意味でも……。とにかく、海はいいですよ」

皆川光子さんはこう言うと、視線を窓の外へ向けた。窓のすぐ向こうには青々とした二本のアケボノスギ（メタセコイア）が、春の風になびいて大きく揺れていた。その先には海がある。そしてこの海のはるか彼方に日本がある。

札幌駅で涙を流す母の反対を押し切って海を渡ったあの日から、すでに五七年の歳月が経っていた。当時二一歳だった光子さんは七八歳になっていた。

「海っていうのは色々な表情を持っているんですよね。時々海の近くに行ったときには、それを見るのが楽しみでした。人間みたいなんですよね、海って」

「人間みたい？」

私は、隣に座る光子さんの顔をのぞき込むようにして聞き返した。

「そう、静かなときもあるし、激情で怒っているときもあるし」

海の近くで暮らしてきた光子さんは、この広大な海にさまざまな想いを寄せ、人生を投影し、そして海の存在そのものに深い郷愁を感じてきたのかもしれない。

二〇一七年四月二五日の午後、東部の港町、元山にある光子さんの自宅の居間のソファーに、二人並んで腰掛けていた。一五畳ほどの部屋には、薄青色の地に淡いピンク色の花柄の模様が描かれた壁紙が貼られ、奥の窓辺には、鏡台と灰色のデスクが置かれている。その上には赤、紫、黄色の造花が綺麗に花瓶に入れてあった。窓を背にした正面の壁の上部には、この国のどの家庭にもあるように、金日成主席と金正日総書記の肖像画が掲げられている。すっきりと整理された清潔感のある部屋だった。

光子さんは一九三九年一月一日に父・久志さん、母・ツユノさんの三女として誕生した。生まれは東京の小石川だが、生後一〇〇日目で家族と北京へ渡った。当時、中国大陸の一部は日本の占領下にあり、占領地経営の一環として北京の都市計画が実施されていた。そのため、大量の技術者が日本から派遣され、土木技術者だった光子さんの父もその一人だった。二人の姉、そして北京で生まれた三歳年下の弟とともに、小学一年生まで中国で過ごした。

一九四五年八月に敗戦を迎えると、一家は父の故郷である札幌へ引き揚げた。自宅は円山公園から歩いて二分ほどの場所。七歳のときには近所のお寺で催された花まつりに参加し、大きなかんむりを頭に着け、お化粧をしてきらびやかな稚児衣装をまとい、母と一緒に記念写真の撮影をした。毎年春になると、円山公園の賑わう園内でお花見をし、秋にはその脇にある市民運動場で開催される会社や事業所の運動会の様子をよく見に行った。小学四年生ごろには、現在の北海道神宮、当時は札幌神社と呼ばれていたこの境内にある松の木に弟と一緒に登り、管理人に怒られたこともあった。

私が光子さんに初めて会ったのは、二〇一六年五月。長女の崔仙姫《チェソニ》さん(五五歳)と元山市内のアパートで二人暮らしをしていた。薄いピンク色の外壁の四階建てで、最上階に位置する一室に引っ越してきたのは一九九四年だという。

光子さんは笑顔で私を受け入れてくれたが、初対面の私が一眼レフのカメラ二台をトートバッグから取り出す様子や、ノートにメモを取る仕草などを興味深そうにじっと見つめていた。私は簡単な自己紹介を済ませた後、早速インタビューをすることにした。

このときは取材時間が限られており、わずかな時間の中で最大限の取材をしなければと気持ちばかりが焦っていた。子ども時代の思い出や日本での暮らしについて一つ一つ聞いていた。光子さんは日本人だが、すでに六〇年近くをこの国で暮らしてきた。光子さんが話す日本語の響きはとても綺麗で落ち着きがある。まるでいまも日本で生活しているかのように、私と話をしても日本語にはほとんど違和感を覚えさせない。光子さんは言葉を選びながら丁寧に答えてくれていたが、一〇分ほどが経過し、夫と出会った時のエピソードを聞こうとした際、光子さんがゆっくりと口を開いた。

「あの、何の目的で私のところにいらしているんですか?」

あまりにストレートにたずねられたので、一瞬戸惑ったが、素朴に感じた疑問なのだとすぐに理解した。もちろん私が取材目的で訪ねることは事前に聞かされていたはずだ。だが、それ以上に、そもそもなぜ私が「日本人妻」の取材をしようと思ったのか、疑問に思うのは当然だった。自分の人生がどのような人間によって記録され、どう伝えられていくのかということが気になるのもよく分かる。私は一度、取材を中断した。

これまで「日本人妻」という表現で伝えられてきた日本人女性たちは、半世紀以上前に言葉も習慣もまったく違う土地へやってきた。一人ひとり、当然、いろいろな苦労があったはずだ。互いの国の行き来が出来ない中、どのような人生を歩んで来たのか。私は個人の思いに触れながら、いまも確かにこの国で生き、そしてその生きてきた証しを残したいと思っているということを日本語で伝えた。光子さんは私の目を見ながら、じっと聞いていた。そして、一〇秒ほど考えた後に、うなずきながら「分かりました」と言ってくれた。

その後、二年半にわたり光子さんの自宅を訪れ取材をする中で感じた彼女は、物事を深く洞察する力があり、自分を強く持った凛とした女性であるということ。初めて会ったときに私が根掘り葉掘りプライベートなことを聞き出そうとしたことに対して、その場ではっきりと私の取材意図を確認しようとした発言は、光子さんにとっては自然なことだった。私は何度も訪れて会話を広げ深めていくことで、記憶のかけらをパズルのように重ねていくことにした。

古いアルバム

初めて会ってからおよそ三ヵ月後の二〇一六年八月、再び皆川光子さんを訪れた。二日間にわたり取材をしたが、長いインタビューではなく、その場で二人の間で生まれる会話を続け、あとは写真の撮影を行った。前回よりも時間に余裕があり、ずっと打ち解けられたのを感じた。

部屋の壁にサルのぬいぐるみが掛けられ、ぶら下がっているのに気付いた。私がまじまじと見ていると、「そのぬいぐるみかわいいでしょ。今年、日本は申年だったかと思うんだけど……。違いますか?」とたずねてきた。毎年干支を心の中で数えてきたのだという。子ども時代の思い出や夫との出会い、母・ツユノさんのことなどを少しずつ話してくれた。

二日目の昼すぎ、光子さんを訪ねると、レーズン入りの蒸しケーキを作って待っててくれていた。この日の朝、早く起きて生地から作ってくれたのだという。日本で何度も食べたことのある蒸しケーキよりも、ずっともっちりとした感触で、丁寧に作られたのがよく分かった。レーズンの甘みが全体にしみ込んだ、美味しいケーキだった。

光子さんは、大切にしているアルバムを二冊見せてくれた。子どものころから中学、高校、夫と出会った大学時代、結婚、そしてこの国での生活が丁寧に収められており、私は一ページ

一ページを接写した。私は日本に帰国後、写真の中に微かに小さく写り込んだ日本の地名を見つけるたびに、ネットでその場所を検索した。六〇年以上前に光子さんがどんな場所を訪れ、その場所が今はどうなっているかを知るためだった。

このアルバムの中には、光子さんの中学卒業記念の際に学校で出された冊子の記事が貼られていた。いわゆる卒業文集の特集なのだろう。その記事は、当時生徒会の副会長だった光子さんを「活躍した人々」として紹介する文章だった。当時の面影が、よく伝わってくる。

あの色白い、ほっそりとスマートな彼女に二千名の生徒を前にして、堂々と話す力があるのだと思うと不思議だ。否、生徒会役員の肩書がそうさせたにしても素晴しい。〔中略〕筆を持たせると書道全国大会に入選し栄冠を勝ち得るという。また夏にはバレー、卓球、陸上に、冬は、スキーにと選手にはならないが万能人である。さる口の悪い男子が「皆川は皇太子様のお嫁さんに適しているなあ」といったそうだが皇太子様は色白で面長の方を好むそうであるが、確かに理想のお姫さんに適しているかもしれない？　未来は婦人代議士だろうか否婦人記者かも知れない。とにかく期待される人である。

結婚のころ

そして、三度目の訪問となる二〇一七年四月。アパートの扉を開けてくれた皆川光子さんと目が合うなり、「よく来ましたねー」と、両手で私の手を握って満面の笑顔で迎えてくれた。玄関で手を握ったまま少しの間お互い見つめ合っていた。部屋には生後六ヵ月のミミという名前の茶色のネコがいた。知人からもらったという。ミーミーと泣くので、そう名付けたそうだ。

「ネコは用心深いのよね。袋の中とか、すぐに小さいところに隠れようとするの」

こう言うと、ミミを優しく撫でた。

前回の訪問時に部屋のソファーで一緒に撮影し、日本でプリントした写真を手渡した。しばらく写真を見つめた光子さんは、「私もすっかり、よぼよぼのおばあさんになってしまったわね」と、写真を両手で持ちながら感慨深そうにつぶやいた。

この日、私はビデオカメラを持参していた。光子さん自身の声や日本語で話をするときの表情を記録したいと思ったからだ。この日はゆっくりと光子さんの話を聞くことにし、三脚にビデオカメラをセットし、インタビューを録画した。

一九五七年四月、一八歳の光子さんは北海道大学水産学部に入学した。約一〇〇人いた同級生で女子は光子さんだけだったという。水産学部は二年目からは札幌から函館の校舎に移る。

翌年の春、二年生になった光子さんは、水産学者であり、指導教官だった教授の家に下宿することになった。函館の漁港では魚を積んだ船、イカの時期にはイカを積んだ船がたくさん入ってきて、イカを干す。その独特な匂いはいまでも覚えているという。

光子さんの記憶では、夏ごろのことである。一九歳のとき、四歳年上の在日朝鮮人、崔和宰《チェファジェ》さんと出会った。ファジェさんは週三日ほど家庭教師として隣家を訪れており、顔を合わせるようになった。同じ北海道大学の水産学部で、動物発生学を専門に学んでいた先輩でもあった。

やがて、学校でも会う機会が増えていった。成績がトップだったファジェさんは大学でもよく知られていた。周りの教授たちは「崔《さい》さん」と彼のことを呼んでいた。下宿先の教授とファジェさんは親しく、また、教授の妻と隣の家の奥さんも仲が良かったため、時々ファジェさんが家を訪ねてくることがあり、接する機会も増えた。塀を一つ隔てて、顔も見え、よく声も聞こえた。

「主人は人と接するときに感じよく接するので、教授たちからも可愛がられていたんです。だから気軽に私の下宿先にも遊びにきていたんです。もしかしたら私がいたから遊びにきたのかもしれないですけど」

笑いながら、光子さんは当時を振り返る。

ファジェさんの両親は現在の韓国南部の島、南海島《ナムヘ》の出身だが、ファジェさんは八人兄弟の次男として京都で生まれた。裕福ではなかったため、一生懸命勉強をして国立の大学を受験したのだという。二人が出会ったころに撮影されたファジェさんの写真を見ると、すらっとした体格で、とても端正な顔立ちの男性だ。人当たりが良く、成績も優秀、努力家で自立精神が強い彼に惹かれていった。二人はすぐに恋に落ちた。結婚を決意するのに時間もかからなかった。

「ご家族に結婚しようと思っていることを伝えたときに、どんな言葉をかけられましたか?」

前回訪れた際の取材でも、家族から結婚を反対された話は簡単に聞いていたので、答えは想像できた。それでも、光子さんの言葉で再度しっかり聞かなければと思っていた。

「あー……」

深いため息と悲しげに笑う声が微かに混じり合った声だった。まるで、その質問をされるのが分かっていたわよ、とでも言われているような気がした。

「学校の教授や友達たちは私たちの結婚を祝福してくれました。でも親兄弟、親戚は全員反対でした。「若気の一時的な感情なんじゃないか」「よく考えてみなさい」と言われましたよね。私は若いときでしたからね。理想に燃えていましたし……」

光子さんは、淡い紫色の花が描かれた白いハンカチを左手でギュッと握り、当時を振り返った。静まり返った部屋の窓の外からは、地元の子どもたちが遊ぶ賑やかな声が聞こえてきた。

帰国事業が始まり第一次船が新潟を出港したのは、ちょうど二人が結婚を考えていた時期だ

北海道大学の学生時代の皆川光子さん
(1950 年代，日本)

った。朝鮮民主主義人民共和国は一九五七年から毎年多額の教育援助金（初年度は約一億二一六〇万九〇八六円）を朝鮮赤十字会中央委員会を通して在日本朝鮮人教育会あてに送金していた（公安調査庁『朝鮮総聯を中心とした在日朝鮮人に関する統計便覧 昭和五六年版』）。当時、経済的に余裕がなかったファジェさんも学業を続けるために、奨学金として援助を受けていたという。当初、東京大学で研究を続ける計画もあったが、帰国運動の流れの中で、ファジェさんはこの国へ渡ることになった。

一九六〇年二月二三日、函館の式場で二人は結婚式を挙げた。光子さんは二一歳になったばかり。大学の教授らが支援し行われた結婚式には五〇人ほどが参加した。この日、光子さんは首元に襟の付いた、長袖のシックな白いウェディングドレスをレンタルし、頭にはレースのベールを付けた。黒いスーツとしま模様のネクタイを着用したファジェさんと並んで写真館で撮影した写真を、いまも大切にしている。

光子さんの父は前年に他界し、母や結婚に反対していた親族は一人も式に出席しなかった。当時、経済的に豊かな在日朝鮮人がいないわけではなかったが、それでも一九五〇年代から六〇年代にかけて、大多数の在日朝鮮人は生活に困窮していた。ファジェさんも貧しい一家の息子だった。光子さんの家族は日本人ではない男性と結婚することに反対していた。

「それでも、ここに来た日本人の多くは結婚式を挙げられなかったんです。私は式ができただけでも幸福ですよね。ただ家族の賛成がなかったのは、いま考えてみれば寂しかったです」

光子さんは小さくうなずきながらこう語った。

結婚式後、光子さんは夫の両親が暮らす京都へ向かった。わずか一ヵ月ではあるが、嫁として朝鮮人である夫の両親と最後の日々を一緒に過ごすためだった。そこでの会話は基本的には日本語だったが、簡単な朝鮮語や歌を教えてもらったという。

そして、四月。新潟へ向かう直前に光子さんはもう一度、育った札幌へ立ち戻った。

「お願いだから、もう一度考えてちょうだい。新潟で船に乗り込むタラップの最後の一段のところまで……。どうか決心を変えてちょうだい」

札幌駅で新潟へ向かう汽車に乗り込もうとする光子さんに、母・ツユノさんが泣きながらかけた言葉だ。光子さんが、その先の人生の中で、ずっと向き合い続けてきた母の記憶。母の制止を振り切って汽車に乗ったものの、三年後には里帰りをし、その後も容易に行き来ができると思っていた。

第一六次船

東京の国会図書館新館の四階には新聞資料室がある。入口のすぐ脇にあるマイクロフィルムの閲覧台ブースで、私はハンドルを回転させながら、ある紙面を探していた。皆川光子さんが乗船した一九六〇年四月八日の帰国船が、新潟をどのように旅立っていったのかを確認するためだった。

この時代の『新潟日報』は、三五ミリのロールフィルムの形態で縮小されて保存されている。閲覧台の上にある手のひらサイズの箱の中に収められているフィルムの最初の二〇センチほどを伸ばし、閲覧台のリーダーにセットする。そしてスイッチを入れ、光った閲覧台にフィルムを透かし、拡大された紙面が次から次へと表れる記事の中には、その時代を感じさせる非常に興味深い記事も多く、そちらの方に気をとられてしまいそうだった。

四月八日の紙面にたどり着くと、第三面の左上に「帰還者、行くえ不明　きのう日赤センターから」という見出しを見つけた。帰還事業の第一六次船に乗るため、四月五日に新潟赤十字センターに入った一〇六〇人のうちの一人、東京都豊島区の二一歳の金さんという青年が行方不明になったという内容だ。

そして、翌九日の紙面には小さく「第16次船出港」という見出しで記事が掲載されていた。内容は、帰還者三一一世帯、一〇五八人が出港したことだった。続いて「無断で帰京　行くえ不明の金さん」とも書かれており、七日に行方不明になった金さんが実は東京に帰っていたことが判明し、そのため四七歳の父親も乗船しなかったという。光子さんと同い年だったこの青年は、その後どんな人生を歩んだのだろうか。そのまま日本に残ったのか、それとも第一七次船以降の船で旅立ったのだろうか。
　記事の右隣には「帰還者の願いこめ　センターで記念植樹」という記事もあり、日本赤十字の援護所長と帰還者の代表によって植樹が行われたことが記されていた。

　出航に先立ち帰還者一同は日赤センター内にモモとバラの記念植樹を行なった。日赤センターに二泊三日間お世話になったお礼と、モモが生長し美しい果実をつけるころ日朝が自由に行ききができることになるようにとの願いをこめての植樹で、〔中略〕モモ、バラに日朝の親交と友好のかけ橋になるように心をこめて水をかけた。援護所でも帰還者の善意と友好からの植樹にすっかり感激、帰還者の願いが実を結ぶように大切に育てたいといっていた。

　自由に行き来できることになるようにとの願い――。光子さんも抱いていたその願いは、いまに至るまで変わっていない。

母親の思い

四月八日出港の日。春とはいっても、この日の最低気温は三度とまだまだ寒かった。皆川光子さんはどのような思いで日本を離れて行ったのか。

「部屋の窓からは、離れていく新潟の風景を見たりしませんでしたか?」。こう質問をすると、

「ふふふ、劇的な場面を想像しているんですね」と言い、こう続けた。

「最初は違うんですよ。どの部屋か分からず船内を行ったり来たりしていて……」

出港の時には、ようやく二人の部屋にたどり着き、腰を下ろした。そして、部屋にある丸窓の向こうに、こちらに向かって手を振るたくさんの見送りの人たちの姿が目に入った。やがて船が動き出し、彼らの姿が小さくなると、あとは四角いコンクリートや倉庫のような建物の殺風景な景色が広がっていたという。それは何か特別な感情をかき立てるような情緒的な光景ではなかった。「それでもやはり感慨深かったですね」と、光子さんは言う。その風景をいつまでも見つめていたという。

この時、第一子を妊娠していた光子さんは、清津までの船旅はひどい船酔いとつわりに苦しんでいた。船内ではもちろん、帰国者が最初に数日を過ごす清津の宿泊所となった建物の中でも、ほとんど寝込んでいたという。

「身体の具合も悪いし、朝鮮語もできませんし、何も分からないから、そこでじっとしてい

るしかありませんでした」

水産学の専門家である夫のファジェさんと光子さんは、海に面している元山へ配置された。そして光子さんは、金光玉《キムグァンオク》として、新しい人生を歩いていくことになる。朝鮮名は夫と相談して決めた。朝鮮半島では「子」は基本的には使わない。子の代わりに「玉」を置き、「光玉」。それでも新しい名前をすぐに受け入れるのは簡単ではない。

「二年ぐらいは、言葉も分からず、あまり人と話しませんでした。付き合いもありませんでした。それでも三年目くらいに急に話せるようになるのを実感するようになったんです。このころになると、朝鮮の名前で呼ばれることにも慣れてきました」

渡航した年の一一月に長女を出産。朝鮮名で仙姫《ソニ》と名付けた。新潟で船に乗るときにお腹の中にいた子どもである。この時のことを光子さんはこう振り返る。

「子どもを産んで、抱いたその瞬間に、初めて母親の気持ちが分かりました。自分は目先の幸せばかりを考え、自由に生きることを優先したけれど、母は娘である私のことを一番考えてくれていたんだと……。やはり、母と子の関係、行き交う感情を考えたときに、母親の気持ちも十分に分かりました。あのときは、まだ若いときで反対され、意地になりましてね……」

光子さんは握っているハンカチを何度も折ったり持ち替えたりしながら、窓の外を見つめた。

長女を出産し、光子さんは元山で初めての冬を迎えた。そのときのエピソードを一つ話してくれた。当時は、粉炭を使って火を起こしていたという。粘土や水をまぜ、それをこねるなどして火を起こす。こうしたやり方は日本で経験したことがなかった。これが上手くできずに苦労したという。部屋を暖めたり、炊飯したりするのに必要な火を起こせない。困っていると、近所にいる帰国者の担当者が手伝ってくれた。当時は日本語ができる人も多かった。

一九六三年に長男を出産した後には、札幌に暮らす母に子どもの写真と手紙を出したことがあった。しばらくすると返事が届いた。

「写真を見て、感慨無量であったこと、それから一日も早く朝鮮の風土と風俗に慣れて立派な人に成長してほしいこと、そして札幌オリンピックが開催されるときには、夫婦で一緒に来てくださいと、書いてあったんです」

光子さんは呼吸を整えながら、こみ上げる感情を何とか抑えようとしていた。

「その手紙を見て、どう思いましたか?」

「もう……、そうですね。もう、行ってしまった娘はしょうがないですよね。けれども、内心認めてもらったのかなと思いました。夫婦で一緒に来てほしいということ、そこの風土と風俗に慣れて立派な人間になってという言い方ですから」

少し沈黙が続いた後に、光子さんは静かにこうぽつりと言った。

「こういう過去の話をするのは嫌ですよね……」

私はこのとき、井手多喜子さんの娘、喜美子さんが話していた言葉を思い出した。

――あなたがこうしてお母さんに昔のことを聞くでしょ。そうすると、ちょっと神経つかうんですよね。昔のことを思い出すと、心に痛みがあるんです――

五〇年以上も前に日本から送られてきた手紙の内容をいまでも記憶している。何度も何度も読み返したのだろう。母と直接話すことができなくても、手紙に込められた母の思いを光子さんなりに理解しようとすることで、過去との向き合い方を探しながら生きてきたのかもしれない。

光子さんは、きっといまから何十年も前に、もしかしたら一生日本を訪れることができない、と悟ったかもしれない。そのときに覚えた絶望感は、私たちの想像を絶する。その現実を、人生のどこかのタイミングで光子さんなりに受け入れて生きてきたのだろう。

夫を支えて

夫のファジェさんは渡航直後から、元山の水産研究所で働き始めた。ファジェさんは、当時二〇代半ば。まだ若いにもかかわらず日本で身につけた知識が豊富だったことで、周囲からの嫉妬もあったという。だからこそ、もっと頑張らなければと決めて、努力して仕事をしてきた。そして、光子さんもそんな夫を「絶対に支えていく」と誓ったという。

ファジェさんは漁業学、生態学、水産資源学、発生学など、水産に関わる各方面の研究に没頭した。仕事の一環で海に出ることも多かった。日本の近くまで行ったときには、帰宅後、光子さんに「海で、こっちは北海道、あっちは青森かな、そんなことを考えていたよ」と話したこともあった。

光子さんは渡航した年の一一月に長女を産んだ後、一九六三年に長男の鉄《チョル》さん、六七年に次男の鉄城《チョルソン》さん、そして七一年に次女の稀英《フィヨン》さんを出産した。四人の子育てに没頭し、時々洋裁の内職もしたが、北海道大学で水産学を学んだ光子さんも、資料や文献集めなど、夫の仕事のために自宅でできるサポートは何でもしたという。ファジェさんはその後、水産関連の本を一三冊出版したが、その中に描かれている魚介類の絵やグラフなどの多くは、光子さんが自宅で描いたものだという。六〇年代から八〇年代後半にかけ、光子さんは家庭を守りながら、夫を支え続けてきた。

「一般的にですが、朝鮮の人々は非常に親切ですよ。自分のことだけではなく、他の人のことまで親切に面倒みてくれる。一方で少しキツいところもあるんです。意志が強いんですよ。団結力が強いし」

子どもたちが通う学校の教師や保護者たち、近所や、夫の職場の人々など、さまざまな人たちと交わってきた光子さんは、この国の人々をこう表現する。

長男のチョルさんが生まれた年に撮影された家族写真．夫・ファジェさんと皆川光子さん，長女・ソニさん，チョルさん（1963 年 9 月，元山）

日本人の交流

北朝鮮に渡ってから日本人同士で定期的に集うことはなく、たまに個人で集まる程度だった。しかし、一九九三年ごろからは井手喜美子さんが話していたように、毎月一回、元山の日本人の女性たちの集まりが行われるようになり、食事をしたり団体旅行したりするなどの交流が始まった。喜美子さんが見せてくれた「日本人妻」たちの集合写真と同じ写真を、光子さんも持っている。この写真の中央に写る残留日本人の「魚屋さん」は光子さんもよく覚えているが、やはり名前は分からない。この女性以外にもう一人、残留日本人が元山にいたと光子さんは言う。

この交流会は一〇年ほど前に、自然となくなった。高齢化で亡くなっていく女性たち、身体の都合で自由に外に出られない女性たちが増えたからだ。一九九三年以前に元山に何人の日本人がいたか分からないというが、九三年当時、元山市には四三人の日本人妻がいたという。二〇一八年一一月現在では、光子さんを含めてわずか四人だけが残っているという。

三七年ぶりの里帰り

一九九七年一一月、第一回目の「日本人妻」の里帰り事業で、皆川光子さんは日本を訪れた。

実に三七年ぶりの一時帰国だった。

六泊七日の滞在だったが、故郷の札幌や友人たちとの時間は三日ほどしかなかった。空港に降り立った瞬間、たくさんのメディア関係者が押し寄せていた。「日本に到着して空港を歩いていると、「皆川さん！」と声をかけられたんです。ちょっとそちらを振り向いたときに、写真を撮られたんですよ。あのときは緊張していて、自然に対応することなんてできませんでした。いまなら大丈夫だけどね」と言って笑った。

一九九七年一一月九日付の北海道新聞には「成田空港に到着したキム・グァンオクさん」というキャプションとともに、強いフラッシュの光の中、空港を歩く光子さんの写真が掲載されている。東京まで三歳年下の弟が光子さんを迎えに来てくれていた。三七年ぶりに再会した弟は、まるで日本を離れる前にすでに亡くなっていた父親が現れたかと思うほど、父親に似ていたという。

その後、墓参のため札幌へ向かった。母は一九九〇年に八四歳で亡くなっていたのだ。母との再会を光子さんはどれだけ待ち焦がれていただろうか。札幌駅で母と別れた時、次に母と再会するのがこういう形になるなど、想像すらしなかった。あの日、もしも二度と母に再会することができないと分かっていれば、彼女の制止を振り切っただろうか——。それでも時間は戻って来ない。墓石の前に立ったとき、失われた時間の重みを実感せざるを得なかっただろう。

「お墓の前で、お母さんにどんなことを話しかけられましたか？」

光子さんは、息を漏らすように少し笑った後、ため息をつきながら、顔の半分を窓の方に向けた。部屋の窓から差し込む光が光子さんの横顔を照らしたときの、そのじっと遠くを見つめ続ける悲しげな表情が忘れられない。

口元が微かに動いたと思ったら、再び閉じてまた外の方を見つめた。その時間がとても長く感じられた。二〇秒ほど沈黙が続いた。光子さんは海の方をただ見つめている。そしてゆっくりと口元が動いた。

「心の中で、「遅ればせながら、娘が来ました」って、言いましたよね」

光子さんの目からは涙があふれそうだった。そして再び窓の方に視線を戻し、しばらく沈黙が続く。奥の部屋にいる飼いネコのミミの小さな泣き声だけが聞こえている。

「生前に会えると思ったんですけど。何年かしたらすぐに会えるかなと思って来たんですけれどね。結局死に目に会えませんでしたからね。心の中で謝りましたよね。娘ですからね」

手にしていたハンカチを何度も目にあてながら、窓の外を見た。そして、座っていたソファの背もたれにゆっくりと寄りかかると、私の方を向き、悲しげに微笑み、こうつぶやいた。

「昔の話をするとやっぱり涙が出ますよね」

生前、母との手紙のやりとりは、しょっちゅうできるわけではなかった。できたとしても何年かに一度。光子さんのアルバムには日本から送られてきた母の写真もある。その写真の近くには、日本から送られてきた新聞だろうか、紙面の一部分をハサミで切り抜いた日本語の文字が添えられている。

「空白」「家族の絆」「母も、死んだ」「積年のしこりが悲しい」「夢に見た」「亡き母に手を合わせて」――。きっと母への思いをアルバムの中で表現しようとしたのだろう。光子さんの心中を察すると、とても切なくなった。

この日、二時間近くビデオカメラとともに光子さんと向き合い、会話をしていた。部屋の空気が重くなり、光子さんには大きな心理的な負担もかけてしまっていた。

「日本にいるときに朝鮮の料理を作ってみたりしたことはあったんですか？」

おかしな質問だと思いながらも、その場の空気をやわらげるために聞いてみた。

「なかったですね。全然知らなかったんですよ」と言ってニコリとした。

「こちらにきて、最初の冬に主人に教えてもらってキムチを一緒に作ったんですよ。料理は近所の方たちが教えてくれました」

光子さんが元山に来てから五七年。この街の姿は随分変わったという。現在、光子さんが暮らすアパートの前にある建物は、昔はほとんどなかった。海まで遮るものがなく、景色がよかったという。「万景峰92」が出港したり入港したりするときにはよく見えたと話す。いま、この部屋の窓からは船のマストが微かに見えるくらいだ。

「ここに引っ越す前は海の近くに住んでいたんです。船が来るときには、親戚が来るわけではないですが、近くに行って見てみたり、出港するときには遠くから眺めたりしていたんです」

船が行ったり来たりする様子を人差し指で描くようにしながら、和やかに語った。


「この道」

取材の最後に「日本の歌で覚えている歌はありますか?」と聞いてみた。

「忘れちゃいましたね、カサを。あれカサですか? カシですか?」

「カシ(歌詞)ですよ」と私が返事をすると、「日本語も忘れてきちゃいましたね」と笑った。

私は初めて光子さんを取材したときのことを思い出した。光子さんは、札幌を象徴するアカシアと時計台が歌詞に出てくる歌が好きだと言っていたのだ。

「昨年お話をされていた、あの札幌の歌はどんな歌だったか、リズムは覚えていますか?」

「覚えています。「この道は……」、その歌好きでよく歌っていたんですけれども、もう歌詞も忘れちゃいましたよね」と言いながらも、「歌いましょうか?」とこちらを見た。

光子さんの部屋の窓の外からはカササギの鳴き声が聞こえてきた。朝鮮語で「カチ」と呼ばれるこの鳥は、人の思いを届ける吉兆の鳥とされているのだという。光子さんは軽く呼吸をして息を整えた。そして、また遠くを見つめるようにして、口を開いて歌を歌った。

この道はいつか来た道、ああ、そうだよ、あかしやの花が咲いてる
あの丘はいつか見た丘、ああ、そうだよ、ほら、白い時計台だよ

二番を歌い終えるときには、声が震え涙があふれていた。「だめですよね……」と言って、光子さんは目元にハンカチをあてた。それでも続きの歌詞はゆっくり言葉にしてくれた。

「三節は「あの雲はいつか見た雲、ああ、そうだよ、山査子《さんざし》の枝も垂れてる」。四節は「この道はいつか来た道、ああ、そうだよ、母《かあ》さんと馬車で行ったよ」。こういう歌なんです」。涙を拭きながら、微笑んで私に語りかけた。

「いい歌でしょ？」

この歌は北原白秋が作詞し、山田耕筰が作曲した童謡「この道」。実際には、三番と四番の歌詞の順番が逆だが、光子さんの故郷への深い思いが、歌声にこもった、透き通るような歌声だった。

1960 年に函館で行われた結婚式の記念写真を
手にする皆川光子さん(2016 年 8 月，元山)

あっという間に夕方になろうとしていた。

「札幌は気候がここと同じなんです。ここの窓から見える低い山にはアカシアの木がたくさんあるんですが、五月になると花が満開に咲くんです。その時期には、アカシアの花の香りが窓から入ってくるんです。そうすると故郷を思い出すんです」

光子さんは帰り際にこう語りかけた。

「お元気でね。私も元気でいますから。年を取ると明日が予測できませんよね。あのサ・フイスさん（井手多喜子さん）もね……。何があるか分かりませんからね。だからまた来てくださいね」

同じ元山市内に暮らしていた多喜子さんが前年に亡くなったことはもちろん、光子さんも知っていた。光子さんはこう続けた。

「いいお仕事をしてください」

「光子さんも、お元気でいてください。次にお会いできるときまで」

私がこう言うと、光子さんが一瞬不安そうな表情をしてたずねてきた。

「次はだいたい、いつぐらいにいらっしゃる計画ですか？」

お互いに両手を握り合っていた。この瞬間、何と答えていいか分からず、戸惑ってしまった。

次にお会いできるときまで、と言ったものの、次にいつ戻って来られるかは、この時点では分からなかったからだ。二〇一七年の朝鮮半島情勢が緊迫している中で、今後状況がどう動くか分からない。それによっては国交がないこの国に、いつ戻って来られるか、具体的には言い切れなかった。それでも、いつ来るか分からない、とは言いたくなかった。

「今年中には……。本当は二ヵ月に一回くらいのペースで来たいと思っているんですが……。でも必ずまた来ます」と言うのが精一杯だった。

「そうね。必ず会いましょう。楽しみにしているから」。こう言うと、握りしめたままの私の両手をさらに強く握った。

平壌での再会

二〇一八年六月八日、シンガポールで予定されている初めての米朝首脳会談の四日前。私は滞在している平壌ホテル五階のエレベータホールの踊り場で、一年二ヵ月ぶりに再会する皆川光子さんを待っていた。一〇分ほどすると、エレベーターの中から、薄緑色のブラウスに茶色いスカートをはいた光子さんが現れた。

「しばらくでした。元気でしたか？」

光子さんは笑顔で手を差し出し、握手をした。手を握ったまま廊下を歩き、部屋に移動した。平壌で白内障の手術を受けるため、この時期だけ平壌に暮らす次女・フィヨンさんの家に滞在していた。左の目は前年、右目はこの時期なのだという。手術直後の経過観察中ということもあり、今回は簡単なおしゃべりでもできたらというつもりだった。光子さんの四人の子どものうち、元山で暮らすのは光子さんと同居する長女のソニさん一人。下の三人は皆、平壌で暮らしている。息子二人は平壌の国家科学院に勤め、フィヨンさんは建設分野の専門家なのだという。

今回は会う場所が自宅ではなく、平壌のホテルだったからか、光子さんからは最初少し緊張している印象を受けた。平壌までは元山からタクシーで来たと言う。最近は都市と都市を結ぶ長距離タクシーがある。元山市街の入口にはタクシー乗り場がある。五人乗りサイズのタクシーだけではなく、一五人は乗れるマイクロバスの屋根にもTaxiと書かれている。平壌と元山、咸興を移動する際には、そういったタクシーとよくすれ違うようになった。元山から平壌までは列車の方が当然安価だが、移動には一〇時間以上かかる。体調のこともあり、タクシーでの移動を考えたのだろう。

「平壌の暮らしはどうですか?」

「やっぱり私は元山の方がいいですね、長い間暮らしているから慣れているし」

光子さんによると、この一年の間の変化といえば、ネコのミミが大腸炎にかかって数ヵ月前に死んでしまったことだという。そして二〇一八年になり平昌《ピョンチャン》オリンピックや南北首脳会談を

自宅の台所で柿をむく皆川光子さん
(2018 年 11 月，元山)

経て、朝鮮半島情勢が大きく変わったことについて話が及んだ。

トランプ大統領と金正恩委員長の米朝首脳会談を目前に控え、私が滞在するこのホテルの部屋のテレビでも、連日、会談場所のシンガポールから海外メディアの中継が報道されていた。ホテルで海外メディアの報道を見られるのは主に外国人などに限られており、朝鮮中央通信が国内向けに米朝首脳会談について初めて報道したのは、会談前日の一一日だった。この時点では、光子さんは米朝首脳会談が予定されていたことはまだ知らなかったかもしれない。

私は「昨年は朝鮮半島情勢が緊迫していましたが、今年になって変わってきましたね」と切り出すと、光子さんは「南との交流が深くなり、日本ともそういう風になったらいいなと思います。アメリカがどう出てくるのか、それによって日本も変わりますよね」と言った。

私が「来週、米朝首脳会談も予定されています」と続けると、光子さんは一瞬何かを考え、少し間を置いてこう私に語りかけた。

「とにかくみんな、仲良くできたら……。死ぬ前にもう一度日本に行ってみたいです」

光子さんの素直な思いと切実な願いだった。

故郷・札幌の写真

この日、私は二週間前に光子さんの故郷・札幌のゆかりの場所を訪れて撮影した写真を持参していた。光子さんが子どものころに遊びに行ったという北海道神宮、円山公園の桜、北海道大学の植物園の写真などだ。

「札幌の写真があるんですか？　それは見なくっちゃ！」

この日一番の笑顔だった。そして、テーブルの上に写真を並べると、一枚一枚、六つ切りサイズのプリントを両手で持ちあげ、じっくり見つめ始めた。

「これは札幌神社のスギの木。これは円山公園の八重桜ね。これは駅から撮影した札幌の中心部ですね」

そして、時計台の写真を目にした瞬間、「あっ、これアカシアですか？」と光子さんが指差したのは、札幌の時計台の前に大きくそびえる木の青々とした葉だった。まだ季節は早く花は咲いていない。それでも「これはアカシアですね」と確信したようで、懐かしそうに見つめていた。

また、光子さんが「あぁ、いいですね、私こういう写真好き」と言って、手を止めたのは、札幌の植物園で撮影した写真だった。一見しただけでは札幌のどこで撮影したのかは、すぐには分からない。特別に綺麗な写真でも、華やかな場面を切り取った写真でも、また何かに意味を持たせるために撮影した写真でもなかった。私が無意識にその場所に立って、何かに惹かれてその写真を撮影したように、この写真の中に何かを感じてくれたのだろう。光子さんのその

窓から見える元山市内(2018 年 11 月)

感性に触れられた気がしてうれしかった。私はその写真を光子さんに手渡した。

元山の海岸

「遺言通り、主人の骨は元山の海にまいたんです。海で仕事をし、海を愛した人でしたから」

平壌ホテルでの再会から五ヵ月後となる二〇一八年一一月一三日、私は皆川光子さんと一緒に元山市北部に位置する松濤園海水浴場の白い砂浜で、静かな海を見つめていた。

初めて光子さんに会った二年半前、元山で一番好きな場所だと話していた海岸。数日前まで各所で見られたイチョウの黄色い葉も、ほぼ落ちていた。冬に差し掛かるこの時期、真夏とはうってかわって海辺はひっそり静まり返り、砂浜に打ち寄せる波の音だけが響いていた。

やわらかい砂浜の上は歩きにくい。光子さんの手をとって隣で支えているのは、長女のソニさん。今年で五八歳になる。日本語は流暢ではないというが、私と光子さんの会話は理解できるようだった。二一歳だった光子さんが新潟を出港した時にお腹にいた子である。現在は海近くの「明砂十里食堂《ミョンサシプリ》」の責任者を務めている。娘の手と腕をしっかりとつかんで歩く光子さんと、高齢の母に寄り添って歩くソニさんの姿を眺めながら、光子さんがこの国で暮らしてきた歳月の長さを感じていた。

光子さんの夫・ファジェさんは二〇一四年二月に脳出血で亡くなった。定年の六〇歳を過ぎても、水産研究所の職場の後輩たちの仕事を手伝っていたという。光子さんのことは、ずっと「ミッコ」と呼んでいた。「ミツコ」のツを小さく発音して、そう呼んでいたのだという。

砂浜の脇に生い茂る松林を歩きながら、私は光子さんにたずねた。

「ご主人が海への散骨を願ったのは、思い出があり親族が暮らす日本とも、ご両親が亡くなった後に埋葬された半島南部の南海島とも繋がっているという意味もあるのでしょうか？」

「そう……。そういう意味にもとれるわよね」

光子さんは静かに答えた後、カバンから一枚のハガキを取り出した。

「これ、大事に取っておいているの。日本から手紙がくると、やっぱりうれしいのよね」

私が前回の訪問後、八月九日に日本から送ったハガキだった。九月五日、約一ヵ月かかって光子さんの自宅に届いていた。郵便局で追跡サービスを指定して送ったが、中国を出た記録が確認できなかったため、光子さんのもとには届いていないものだと思い込んでいた。

私が送ったのは日本の夏の風物詩である風鈴や金魚鉢、朝顔の絵などが立体的にハガキに貼られたもので、スパンコールなども所々付いていた。

「日本ではこういう立体的なハガキが流行っているのかなと思って、見ていたんです」

ハガキには当時九七歳だった私の祖母の近況などを書いていた。前回の訪問時、私は自分自身のことについて、光子さんにまったく話していなかったことに気付いた。私は光子さんの家族のこと、子ども時代のこと、夫との出会いなどについて細かい質問を繰り返していたにもかかわらずである。私自身はどういう子ども時代を過ごし、日本でどんな友人たちに囲まれ、他にどのような取材をしているのか、私も伝える必要があるのではないかと、感じたのだ。

日本への関心

今回の滞在では、二日間にわたって光子さんから話を聞いた。綺麗に整頓された自宅の中は昨年と特に変わった様子はなかったが、二年前に居間の壁に掛けられていたサルのぬいぐるみが、今回は奥の部屋の壁にさりげなく掛けられていた。

「このサル覚えているでしょ」

光子さんはそのぬいぐるみを指差し、こちらを向いた。

光子さんは毎朝七時から八時ごろの間に起床し、夜一一時ごろには就寝するという。日中は散歩をして過ごすこともあるが、最近では外出するのもしんどくなってきているという。今は、自宅で読書をする時間が好きなのだと話す。この日、光子さんが手にしていたのはフランスの作家アレクサンドル・デュマの小説『モンテ・クリスト伯』の朝鮮語訳。分厚い本だった。一九世紀半ばに出版されたこの本は、無実の罪を着せられ、孤島の監獄に入れられた若い船乗りエドモン・ダンテスが主人公の物語。一四年後に脱獄に成功した彼は、モンテ・クリスト島の財宝を手に入れ、かつて自分を陥れた者たちに復讐していく。新潟を出港したときには朝鮮語がまったく分からなかった光子さんが、ハングルの文字を流れるようにすらすらと読んでいた。

光子さんは現在の日本の状況にも関心を失っていない。光子さんと私はテーブルを挟んで向かいあって座り、元山で採れた柿を食べながら、日本について話をした。日本での国際結婚の現状、あるいは私の祖母が暮らしていた日本の特別養護老人ホームのシステムなどだ。

この年、日本人のブラジル移民が一一〇周年となったこと、その式典のために日本の皇族がブラジルを訪問したことにも話が及び、元号や天皇の退位についても話した。

「天皇はいまも同じ天皇ですか？」

光子さんはこう私にたずねた。

「はい。生前退位をすることになったんです。今年は平成三〇年ですが、来年から新しい年号になります」

「今年は三〇年ですか……」

感慨深そうにうなずいた。

光子さんが日本を離れたのは一九六〇年。美智子妃が皇室に嫁いだ翌年だ。東京オリンピック（六四年）や札幌オリンピック（七二年）も、北海道と青森を結ぶ青函トンネルが開通したとき（八八年）も、昭和から平成へ元号が変わったとき（八九年）も、光子さんは同世代の日本人がそれぞれの時代の象徴として記憶している出来事を経験していない。

六〇年の間に日本の社会がどう移り変わってきたのか、親族との手紙のやりとり、あるいは在日朝鮮人が元山をたずねてきたときなどに聞くことがあったかもしれない。人伝てに日本の近況を耳にするなどして、日本のいまを想像していたのかもしれない。私はこんなことを考えながら、光子さんに話しかけた。

「二年後の東京オリンピックには、光子さんも日本に来られるといいですよね」

「えっ？　日本でオリンピックがあるんですか！」

光子さんは、両手を胸の前で軽く叩いて、うれしそうにこう返事をした。一瞬にして表情が輝いた。

「はい。二〇二〇年に東京で夏のオリンピックが開催されるんです」

東京でオリンピックが開催されることを、いま初めて知ったようだった。

光子さんがどれだけ日本を思い続けてきたか。その思いの強さは、私が想像しようとしても、しきれないくらいのものであることは分かっている。緊迫した日朝関係を考えると、「日本に来られるといいですよね」などと、軽々しく言うべきではないことも分かっていた。それでも、光子さんの目の前に座って話をしていると、何だかいつでも簡単に会えるような気持ちになってくるのだ。そして「来られるといいですよね」という言葉が自然と口から出てきた。この直後、光子さんはこうつぶやいた。

「あぁ、応援団としてでもいいから日本に行きたいわ……」

二回目の里帰りは諦めなければいけない――。そう何度も自身に言い聞かせてきたのかもしれない。感情だけでは政治は動かない。ましてや複雑な背景を抱えた日朝間の問題が山積する中で、「日本人妻」の女性たちの思いを新たな「里帰り事業」として実現するためには、さまざまな政治的条件が絡んでくる。それでも死ぬ前に一度でもいいから故郷へ行きたいという純粋なその思いが、かなってほしい、かなえてほしいと、私は心から思う。

「光子さんは、二〇代から七〇代をこの国で生きてきて、どんなときに幸せを感じ、そして苦労を感じてきたのか、あらためて教えていただけますか？」

「そうですね……、やはり子どものことや夫のことで幸せだったり、不幸であったり。そういうことですよね」。光子さんはしみじみと答えた。

苦労をしたことや悲しみに打ちひしがれることなどは、数えきれないほどあったはずだ。そして、それと同じように幸せを感じた瞬間、転げるほど笑いが止まらないときもきっとあったはずだ。いつが幸せだったか、いつが不幸だったか、自分の人生を振り返って単純に、一言では表現できないのは当たり前だ。海の向こうの日本で生きていた母や家族を思えば、やりきれない思いで押し潰されそうになり、特に母を苦しめてしまったことに対する自責の念は、光子さんをさいなみ続けてきたはずだ。そんな中でも子どもが生まれれば、光子さんが言うように、子ども中心の生活になる。新たにできた家族との暮らしを守らなければという思いが、何よりも優先されてきたのだろう。

この六〇年、ふとした瞬間に昔を思い出し、どうしようもない思いに駆られながらも、次の瞬間子どもたちに目を向ければ、笑いながら光子さんの方へ駆け寄ってきたこともあっただろう。そんな家族と暮らした長い時間の中で、子どもたちが成長し、結婚し、やがて孫が生まれ、夫が亡くなり、光子さんも年を重ねてきた。

光子さんが言っていた、ある言葉が忘れられない。

「私が夫についてここに来たということは、夫のため、ということですからね。だからこそ、この社会の中で必ず夫を成功させてみせると思って生きてきたんです。ですから、夫が社会的に成功したということ、仕事で業績を残したという、そういうときに幸せを感じました」

この言葉が、私が知る光子さんの人間性にしっくりと重なった気がした。そして光子さんの覚悟や強さがひしひしと伝わってきた。二一歳で元山にやってきてから、さまざまな感情に揺れ動きながらも、この思いだけは絶対にぶれずに、ぶれてはいけないと思い続けたのかもしれない。その思いに支えられ、家族を守り、決して自分を失うことなく、強く生き続けてきたのだろう。

元山での昼食会

翌日、私は元山の海の近くの食堂で皆川光子さん、娘のソニさん、そして同じ市内に暮らしていた故井手多喜子さんの娘、喜美子さんと孫の光敏《グァンミン》さんと合流し、一緒に昼食をとった。この昼食会は、前日に私が光子さんの自宅で突然提案をしたものだった。この二年半、光子さんと井手さんとは、それぞれ別に会っていたので、一堂に会するのはこのときが初めてだった。

光子さんと井手喜美子さんの母、多喜子さんは元山に来て以降、一九六〇年代から、ずっと親しくしてきた。光子さんが元山で一番親しくした日本人女性が、一二歳年上の多喜子さんだった。娘の喜美子さんは光子さんのことを「姉さん」と呼んでいる。「姉さん歌が上手いのよ、歌ってよ」と明るく言うと、光子さんは「いやいや、そんなことないわ」と照れていた。

二〇年以上前に元山でうどん屋が開店したときの話題になった。

「あのとき、ここに住む日本人たちが招待されて、開店前にうどん食べに行ったのよ」と喜美子さんが言うと、「私は行っていないわ」と光子さんが返事をした。その話は初耳だという。

「あのときいなかったの？　招待してくれたのに。聞いてなかったの？　うちのお母さん、喜んで食べに行ったわよ。他の日本人も。いまでもよく覚えているわ」

そのうどん屋はいまではすでに閉店しているという、些細なエピソードだが、私にとっては

孫のウンスクさんに付き添われて私の部屋にやってきた荒井さんは、私を見ると軽く会釈をした。杖を使い足腰が悪そうだったため、ベッドに腰掛けてもらった。

七歳の記憶

荒井琉璃子さんによると、一九三三年一月一五日、父・よしのり、母・つきえの六人の子どもの四人目として、現在のソウルに生まれた。名前を漢字でどう書くか、思い出せそうで思い出せないという。日本の統治下で京城府と呼ばれたソウルには、多くの日本人が移住してきていた。当時の資料によると、一九三五年の京城の総人口約四四万四〇〇〇人中、日本人の人口は約一二万人で、全体の二七パーセントを超えていた（朝鮮総督府編『朝鮮国勢調査報告昭和十年道編 第一巻京畿道』）。

琉璃子さんの父は、鉄道員として日本から朝鮮半島へ派遣されて働いていた。琉璃子さんの姉や兄は父の故郷・熊本県の祖父母の家で暮らし、琉璃子さんと弟のひでお、妹、そして父母の家族計五人が南大《ナムデ》門《ムン》近くの家で生活をしていた。自宅近くの小学校に通っていた当時、学校で習った「春が来た」の歌はいまでも口ずさむことができるという。七歳のときに一度だけ、両親が生まれた日本を訪ねたことがあった。

「熊本の阿蘇に暮らす祖父母の所に、父と弟と三人で一〇日間ほど遊びに行ったことがあります。家の近くには山や川があって、中庭にはミカンの木もありました。おばあさんも、おじいさんも私たちが来たときには、美味しい料理をたくさん作ってくれました。屋根の下では柿を干して、干し柿を作ってくれました。温泉が湧いていたのも覚えています」

荒井さんが直接記憶している「故郷」日本の風景は、このわずか一〇日間に目にしたものがすべてだ。琉璃子さんの日本での記憶は断片的で、鮮明に覚えているわけではない。それでも、熊本からソウルに戻る帰路の旅について、琉璃子さんはその詳細を一気に話し始めた。

「熊本の駅で私が真っ先に汽車に乗り込んだんです。中には誰もいなくて、一人の女性だけが車両に座っていたので、私は何となくその女性の隣に座りました。すると弟とお父さんもやってきて、自然と私と父、弟、そしてその女性の四人が一緒にまとまったんです」

汽車が発車すると、琉璃子さんと弟は景色を見たり、時々車内を動いたりして過ごしていたが、ある時父の方に視線を向けると、女性と親密な様子で話し込んでおり、女性が涙を流していたのが見えた。熊本から下関までの移動は一日近くかかったと記憶しているが、その間、この女性もずっと一緒だったという。その後、下関から釜山に渡る船の中でも、そして釜山からソウルまでの汽車でも女性は一緒だった。

ソウルに到着すると、父は琉璃子さんと弟に駅の待合室で荷物を見守るように頼み、その女性とどこかへ行った。しばらくして一人で戻ってきた父と一緒に自宅に帰ったという。久しぶ

咸興の砂浜に立つ荒井琉璃子さん（左）と
ウンスクさん（2017 年 7 月）

りに母に会えるのがうれしくて、母も琉璃子さんたちの帰りを喜んでくれたという。

「数日後、お母さんが家の掃除をしているときに、押し入れに置いてあったカバンを見つけたんです。それを不思議そうに見つめていたお母さんが「これは何ですか？　あなたたちの荷物ではないものがありますよ」と聞いてきました。そのときに、あの女性の荷物だとすぐに気付いたのですが、母には何も言いませんでした」

それ以降、家の中の空気がおかしくなったという。母は女性の存在に気づき神経を使うようになり、ご飯も食べずに寝込んでしまうようになった。数日後、母が突然いなくなり、大騒ぎになった。三日後に戻ってきた時には、服はずたずたで泥まみれになっていたという。父は「悪かった」と謝っていたが、母は精神的に患い、結局ソウルの病院に入院することになった。

「母の入院の日に、熊本から一緒だったあの女性が家に入ってきたんです。すぐに、まるで母親のように振る舞うようになりました」と琉璃子さんは振り返る。母の状態は悪化していき、身体の具合も悪くなっていった。しばらくすると「故郷へ帰りたい」と口にするようになった母は、妹を連れて熊本へ帰っていったという。その後、亡くなったという電報が来たが、それは熊本の祖父母の家を訪ねたときから一年も経っていないころだったという。

父はその女性とソウルで再婚した。しかし、琉璃子さんがその女性を「お母さん」と呼ぶことは一度もなかった。琉璃子さんが父の再婚相手について話をするときには、日本語で「継母」と言う。七歳まで育ててくれた実母は、優しかったという。

会寧からの逃避行

一九四四年春、琉璃子さんが一一歳のとき、父の転勤で一家は朝鮮半島北部の会寧へ引っ越すことになった。ここは豆満江を隔てて中国と国境を接している。自宅は父の勤務先である会寧駅から歩けるほどの距離だったという。

「自宅は駅から歩いて何分くらいのところだったんですか？」と聞いてみた。琉璃子さんが思い出そうとしばらく考えていると、すぐ後ろで話を聞いていた孫のウンスクさんが、「二〇分です」と祖母の代わりに答えた。

「あなた、あのとき生まれてないのにどうして分かるの？」と、琉璃子さんが笑いながら後ろを振り返ると、「だって、会寧の話、おばあちゃんから何回も聞いたんだから、昔の話も全部知っているのよ」とウンスクさんが笑顔で返事をし、琉璃子さんは大きな声で笑った。

こうして、父、継母、弟、そして父と継母との間に生まれた二人の幼い子どもたちと、計六人での新しい生活が始まった。朝鮮語を話すことができた父は、同僚の朝鮮人たちと親しく、時々彼らが家を訪れてくれれば、一緒にご飯を食べることもあったという。

それから約一年が経ったころ、突然父に召集令がかかり、中国へ行くことになった。琉璃子さんの記憶では暑い日だったという。琉璃子さんは弟と二人でこれから中国へ行く父を見送るために会寧駅へ向かった。継母は見送りには来なかった。

「最後に別れるとき、「戦場に行ったら、もう戻ることができないかもしれない。本当にかわいそうなことをした」と言って、父は私と弟を強く抱き寄せました。父は泣いていました」

生きて帰ることが難しいであろう激戦地へ子どもを残して旅立ってしまうこと、そして琉璃子さんたちに残された複雑な家庭事情を考え、父はこう言ったのではないかと琉璃子さんは言う。軍服を着た小柄な父が汽車に乗り込んでいく姿を、琉璃子さんははっきりと覚えている。

一九四五年八月初旬のある日の真夜中のことだった。

「突然、銃声が響いて、そしてパタっとその音が止んだんです。私たちのすぐ近くに住んでいた日本人幹部の一家が襲撃され、殺されたことを翌日知りました」

銃声の直後、父の知り合いの朝鮮人労働者が家にやってきた。玄関を叩くその音に気づき、琉璃子さんはすぐに扉を開けた。

「「荷物をまとめて早くここを離れた方がいい。国が解放されたら、私たちも故郷へ帰る。あなたたちも日本に帰らないといけないでしょう」と言われたのです」

琉璃子さんの父は中国へ行く前、朝鮮人の同僚たちに「もし自分が戦地から帰ってくることがなければ、家族を頼む」とお願いしていたのだという。琉璃子さんらは父の朝鮮人の同僚三人と一緒に簡単な荷物だけを牛車に乗せ、ある日の夜中、逃げるように町を去った。急がなければソ連兵に殺されるかもしれないと、一二歳の琉璃子さんは思っていたという。

終戦直前の一九四五年八月八日、ソビエト連邦が日本に宣戦布告し、翌九日には国境を越え、現在の中国東北部の満州そして朝鮮半島北部へ進撃してきた。琉璃子さんが銃声を聞いたのは、ソ連軍が会寧に進攻してくる少し前だった。会寧の上空をソ連機が飛来してビラを撒いたのは八月一〇日。そこには日本語と朝鮮語で、ソ連が日本に宣戦布告したと書かれてあったという（赤尾覺『北鮮流浪 会寧―白茂高原―咸興―三十八度線突破』一九九五）。

一緒に会寧を出発した朝鮮人たちは、それぞれの故郷を目指した。そして、深い山中を歩き続けて数日後、父の同僚の三人のうちの一人の実家にたどり着いた。

「その家のおばあさんは私たちを数日間泊めてくれ、旅を続ける私たちに米などの食料を分けてくれました。あまり重くても疲れてしまうので、疲れない程度の量をいただくことにしました。おばあさんは「日本人全員が悪いというわけではないのに、かわいそうね。どうやって日本に戻るの？」と私たちを心配し、出発する直前にはお餅も作って持たせてくれました」

父の同僚たちはそれぞれの親戚や家族の家にたどり着き、最終的には琉璃子さんたち五人が残った。五人はひたすら、南を目指して移動し続けた。

「あるとき、険しい山道を歩いていた夜中、暗闇の中に光るものが見えたんです。すぐにトラだと思いました。トラは火を怖がるので、私たちは木の先端に火を付けて、それを振り回しながら一晩中歩いたこともありました」

大木が生い茂った山の中を、そして半島東部の海辺をただただ歩き続けている旅の途中で、終戦を迎えた。日本人にとっては敗戦の日、そしてこの国の人々にとっては祖国解放記念日となる、八月一五日が訪れたのだ。

琉璃子さんは、自身を日本人の両親の元に生まれた日本人と自覚しているのか、それよりもこの国で長年生きてきた一人の朝鮮人と自覚しているのか、初対面の時点では分からなかった。七歳で実母と、一二歳で父親と別れている。幼いころに一度日本を訪れたが、その後はずっと朝鮮半島で暮らしてきた。常に朝鮮人に囲まれて生きてきたのだ。

それでも、私が琉璃子さんの日本名を漢字でどう書くか確認をしようとしたときに、さっと私のペンとノートを手に取って「荒井琉璃子」と、慣れた手つきで名前を書く様子は、まるでこれまでもずっと、その名前に親しみを感じながら生きてきたかのような印象を受けた。

琉璃子さんと初めて出会った日は、琉璃子さんと深く話をすることができなかった。それでもこの日、とても印象深く記憶に残る出来事があった。別れ際に私は琉璃子さんに「ありがとうございました」と言い、握手をするために琉璃子さんの胸元に手を差し出した。すると、琉璃子さんは私の手をとり、甲に二回キスをし、そしてすぐに私の方を見上げニコリと微笑んだ。私も思わず自然と口元が緩んだ。

この国で、それも初対面の人から挨拶代わりに手にキスをされるのは、初めてだった。その時の愛嬌たっぷりの琉璃子さんの表情が忘れられず、とてもうれしかった。このとき、もしかしたら同じ日本人女性として、琉璃子さんなりに私に共通する何かを感じてくれていたのかもしれないと思った。

幼いころ、日本人として感じた植民地の空気、日本の敗戦直後の揺れ動く社会、一人取り残され必死に生きた時代、一九四八年の新たな国の誕生、直後に始まった朝鮮戦争——。「故国」日本への思いと、身近な朝鮮人が抱いていた「敵国」日本への感情。激動する時代と、両極の感情の狭間を生きてきた琉璃子さんは、自身の人生とこの国の社会をどう見つめて来たのだろうか。

過去と現在の会寧

「KWAINEI」とアルファベット文字が書かれた、絵ハガキ。植民地時代に発行されたこの絵ハガキには、豆満江の対岸から渡ってきた人々が、渡し舟から降りて岸へ向かって歩く様子をとらえたモノクロ写真が印刷されている。頭に乗せた大きな荷物を支えながら裸足で歩く女性、膝の上まで服をまくって川の浅瀬を歩く人、朝鮮風の衣服を来た女性もいれば、短パン姿の男性もいる。裏には「郵便はがき」と日本語で印刷されている。

二〇一七年一二月二七日、あと数日で新年を迎えようとしている年の瀬、私は会寧を訪れ、この絵葉書に描かれている豆満江の川辺に立った。川のすぐ向こうは中国吉林省。朝鮮族自治州の村がある。この日の平均気温はマイナス一五度。川の表面は凍っているが、ところどころ氷が割れている。手袋をはずし足元の水を触ると、指の感覚が一瞬にして麻痺しそうなほど冷たい。早足で氷の上を渡れば、三〇秒もかからずに対岸の中国にたどり着いてしまいそうだ。

数百メートルほど先にある中朝国境の橋の上を、大型トラックが時々移動している。少し離れた凍った川の上では、木製の板を使ってスケートをして、はしゃいで遊ぶ子どもたちの姿が見える。私は一時間近くこの場所に立って、豆満江の写真を撮影した。

会寧は、荒井琉璃子さんが一九四四年から終戦前の約一年間を過ごした場所。琉璃子さんが冬の会寧は寒かったと話していた通り、冷たい強風が顔に当たると突き刺さるような痛みを覚えた。この時期、会寧を訪れる外国人はほとんどいないという。

二〇一七年の夏に同じ咸鏡北道の清津や羅先を訪れたが(第2章)、今回の冬の旅でも、李さんが再び案内人を務めてくれた。李さんは「会寧は寒いので、今夜ここに泊まりたくなければ、

極寒の凍った川でスケートやソリをして遊ぶ子どもたち
（2017 年 12 月，会寧）

清津まで戻ることもできますが、どうしますか？」と私に聞いてきた。清津には夏も、そしてこの前日にも泊まっていた。せっかく清津から車で約三時間かけここまで来たのだから、日帰りで帰りたくはない。どんな条件でも会寧に泊まりたいと決めていた。

「いえ、ここに泊まりたいです」と返事をした。すると、すぐに運転手にホテルへ向かうよう指示してくれた。向かったのは、市内の入口に位置する四階建ての会寧ホテル。李さんが寒さを心配していた様子から、夜はダウンを着込んで震えながら寝るのを覚悟していたのだが、部屋はオンドルが効いていて暖かかった。

このホテルから会寧駅の方に向かって延びているのが、この街のメイン通り。植民地時代に「本町通り」と言われていた通りだろうか。この通りには会寧小学校や写真館、百貨店などが並んでいたという。私が滞在するホテルの周辺は陸軍病院があったところかもしれない。この街にかつて暮らしていた日本人たちによって作られた、戦前・戦中の会寧市街図を持参し、車窓から見える街並と、地図を見比べていた。

「本町通り」を曲がると「銀座通り」があり、「昭和通り」や「寿通り」という名前がついた通りがかつてはあった。神社や西本願寺など、手元の地図だけを見ているとまるで日本の街を進んでいるような感覚になる。それでも車窓の外に広がるのはオレンジ色の外壁のアパートや朝鮮語で書かれたスローガンのポスターなど、現代の朝鮮民主主義人民共和国の街並みだ。会寧で生まれた金日成主席の妻、金正淑《キムジョンスク》女史の銅像が建つ市内中心部の小高い丘もかつての「本町通り」に面している。幼い琉璃子さんはこの街のどこに住んでいたのかと想像した。

会寧に泊まった翌朝、午前五時半に自然と目が覚めた。窓の外を見ると、向かいのアパートの煙突から煙がすでにもくもくと上っていた。人影もうっすらと見え、真冬の会寧に暮らす住人たちの一日はもう始まっているようだ。

六時半ごろ、部屋のドアをノックする音が聞こえた。静かにドアを開けると、従業員の若い女性が立っており、足元には熱いお湯が入った大きなバケツが二つ、湯気を立てていた。浴室のお湯が出ないことには気づいていたが、他の国でもよくあることなので特に気にもしていなかったが、きっとシャワーでも浴びると思い、持って来てくれたのだった。相当な重さがあるにもかかわらず、そんなことを感じさせない笑顔で対応してくれ、心から有り難いと思った。

この日も会寧市内の各所を観光して回り、午後に東海岸の清津へ戻った。私が乗る車は会寧から清津へ続く奥深い山林を走っていく。途中通り過ぎる風景を車窓から目に焼き付けた。厳しい寒さは家畜も一緒なのだろう。牛を引いて歩く男性は防寒のために大きな赤い布を牛の身体に巻き付けていた。二〇一六年に起きた洪水の被災地で再建された平屋の家々や、小さな集落をいくつも通り過ぎていった。

琉璃子さんたちが会寧からの逃避行で歩いた山道、父の同僚たちが帰っていった集落はどの辺りなのだろうか。彼らの家族は、いまも会寧近郊のこの辺りの小さな村で生活しているのだろうか。七二年前、弟や継母と逃避行を続けた琉璃子さんの話を思い出していた。

咸興へ

荒井琉璃子さんは咸興駅から車で一〇分ほどの所にあるアパートの三階で、息子のトン・チョルウンさん、チョルウンさんの娘のウンスクさん、その夫キム・チョルウさん、そしてひ孫のキム・スジョンちゃんと五人で暮らす。二〇一八年六月、私は再び琉璃子さんに会うため約一年ぶりに咸興を訪れた。

玄関のドアを強くノックすると、孫のウンスクさんがドアを開けてくれた。廊下にいた小柄な琉璃子さんが少しふらつきながらこちらに向かってきた。歩くのが辛そうだ。それでも、私の手をとるとギュッと強く握りしめ、そのまま強く引っ張り私を部屋へと連れて行った。そして過去の話の続きを聞くことになった。

琉璃子さんら一家は、ソ連軍の進攻より少し早い時期に会寧を出たので、途中ソ連兵に出会うことはなかった。しかし、直後の会寧の状況は散々だった。

会寧では〔一九四五年八月〕十五日朝、憲兵隊の手で警察署と郵便局が自爆し、内地人の繁華街であった本町通りは、十六、七の両日、殖産銀行を発火点とする業火で全く烏有に帰した。（森田芳夫・長田かな子編『朝鮮終戦の記録　資料篇第三巻』巌南堂書店、一九八〇）

三五年間に渡る日本の朝鮮統治は一瞬にして崩壊した。八月八日のソ連参戦以降、三八度線の北側に暮らしていた日本人にとって、文字通り地獄のような日々が始まった。

深刻な食料難は飢餓となって、同胞の精力を日と共に消耗させ、その上、仮借なく照りつける炎熱は、殊に遠く国境方面、それに羅津・雄基から避難して疲れきった人々や老人婦女子を生死の境に落し込み、精も根もつき果てて死期を早める人々は、毎日その数を増すという、この世ながらの地獄を現出した。〔中略〕所持品は一物も残さない迄に強奪されて素ッ裸となり、婦女に対する暴行は益々惨酷さを加えて、一万数千名の同胞は全く生色もなく、泣くに泣けない日常をすごしたものである。（同書）

咸興は、会寧から逃げてきた一二歳の琉璃子さんが、その後ずっと暮らし続けてきた街だ。もっとも、避難先として咸興を目指して歩き続けてきたわけではない。壮絶な時代の中で、運命に翻弄されるしかなかった一人の無力な日本人少女が、なんとかたどり着いた場所だったのだ。

「会寧を出発して一ヵ月以上歩き続け、ようやく退潮《テジョ》駅にたどり着きました」

「テジョ駅?」

聞いた事のない地名だったので、私はすぐに平壌で手に入れていた朝鮮半島の地図を開いた。琉璃子さんが指を差した場所は、現在の楽園《ラグオン》駅。平壌にある間里《カルリ》駅から朝鮮北部の羅先特別市の羅津駅までを結ぶ平羅《ピョンナ》線の途中にある駅だ。地図上でこの場所を見て驚いた。琉璃子さんが暮らしていた会寧からは四〇〇キロ近く離れているからだ。咸興までは四〇キロほどの場所だ。

「この距離をずっと徒歩で歩いてきたんですか?」

私はあらためて琉璃子さんに確認した。

「ずっと歩いてきましたよ。一体誰が私たちを馬や車に乗せてくれるというの?」

会寧の自宅を出てから一度も服を着替えていない。着替えなど最初から持って来なかったという。途中、朝鮮の人たちからもらった米を道路や川辺で火を起こして炊き、少しずつ口に入れて飢えをしのぎ、なんとか死なずにたどり着くことができた。

退潮駅の周りには、琉璃子さんたちと同じように避難してきた日本人があふれていた。一家は他の日本人たちと同じように駅に停まっていた汽車に乗り込んだが、中はすし詰め状態。通路さえもどこにあるかが分からない状態だったという。昼間に退潮駅を出発し、どのくらいかかったか分からない。汽車は咸興駅で到着した。この時、すでに初秋になっていた。

「咸興駅で全員降りるように言われ、日本人は駅前の広場に集められ座らされました。すると一人の役人が出てきて「当分汽車は動かないので、しばらくここに留まるように」と、確か日本語で言われました。そして、駅近くの五階建ての旅館に行くように言われたのです」

琉璃子さんが言う旅館というのは、咸興市城川江《ソンチョンガン》区域にある収容所。その三階部分の五畳ほどの部屋に琉璃子さんたち五人は入った。この建物はその後の朝鮮戦争で破壊されたが、五〇〇〜六〇〇〇人にもおよぶ日本人避難民が同時に収容されていたという。咸興に殺到する避難者はもともとの咸興在住者の二倍以上、二万五〇〇〇人を超えたという。

翌朝、目覚めると継母の五歳の息子と二歳の娘二人が死んでいた。

「二人とも、一日寝て起きたら、もう目も開けられずに死んでしまっていたの。ずっと歩いていたから、二人とも足がものすごく太くなっていたんです。腫れ上がってね……。途中、「おんぶして」と何回もせがまれて……。本当にかわいそうでした」

継母と琉璃子さん、弟は、二人の幼い子どもたちの遺体をどこに埋葬すればいいのか分からなかった。途方に暮れていると、死んだ人たちを乗せた牛車がすぐ近くを通りかかったという。それは二人と同じように、避難の途中で死んでいった日本人たちの遺体だった。三人は二人の遺体を抱いて、その牛車の後をひたすらついていった。

「他の日本人たちも、亡くなった家族の遺体を埋めるために同じ方向へ歩いていました。その先には、大きな穴が掘られていました。牛車に乗せられた何体もの遺体が、次々と中に入れられていたのです。誰もいなくなった後に、二人の子どもの遺体を上から乗せました」

そこは咸興市街から四、五キロほどの場所で、現在は咸興科学院がある。四人の子どもたちを連れ会寧からここまで歩き続けた直後に、二人の実子を一度に失った継母の思いは計り知れない。ソ連軍の侵攻により、直接的な戦闘だけでなく、避難に伴う身体的な疲労や食料難による衰弱、感染症、不衛生な環境下での集団生活などで多くの命が奪われた。琉璃子さんは当時を振り返り淡々と話すが、周りで死んでいく人たちをどのような思いで見ていたのか。当時の心情を言葉にするのも難しいだろう。

厚生労働省の推定では、第二次世界大戦終結後、朝鮮半島の三八度線より北側に残り、飢えや寒さ、伝染病などの病気で死亡した日本人は、約三万五〇〇〇人。そのうち民間人は二万五〇〇〇人にものぼる。一方で、引揚者らが日本に持ち帰った遺骨は約一万三〇〇〇柱。当時亡くなった日本人全体のうち約二万人以上もの遺骨がいまも現地に埋まっているのだ（栗原俊雄『遺骨　戦没者三一〇万人の戦後史』岩波新書、二〇一五）。継母の幼い二人の子どもたちもその中に含まれる。

弟との別れ

二人を埋めた帰り道、琉璃子さんたちはリンゴ畑を見つけた。

「そのとき、継母が「ちょっと待って」と言って、リンゴを持って来たんです。「なんかおかしいね、私たちに食べさせるのかな」と秀男と話していたら、風呂敷に二個ずつ包んで、私たちに「お金が必要になるかもしれないから、市場で売ってきなさい」と言ったんです」

二人は市場へ向かった。弟は抵抗なく市場に入ってリンゴを売り切ったが、それまで物を売ったこともない琉璃子さんは、ただただ市場の入口の手前で泣いていた。

「「お姉ちゃん、ここじゃ売れないよ。市場に入らないと」と弟に言われましたが、私は「大丈夫よ。お前はもう帰っていいから」と返事をし、弟は旅館に戻っていきました。そして、あっという間に日が暮れ、空は真っ暗になりました。ただ一人、目的なく一歩一歩前に歩いていました、泣きながらね。ちょうどそのとき、すぐ後ろから足音が聞こえました。そのときにすごく恐怖を感じたのを覚えています。そして急に朝鮮人の男性に声を掛けられたんです。「なぜここで泣いているの？　親はいないの？」と。「親はいません」と答えると、「じゃあ、仕方がないから、家においで」と言われたんです。いま考えれば不思議ですが、全然知らない人なのに、何となく親しみを感じて、ついていったんです」

その男性の家は、市場からそれほど離れていなかった。その日の夜、男性の妻が肉汁のスープを作り白米を炊いてくれたという。その日は、家に泊めてもらうことになった。

翌朝、目覚めるとすぐに「戻らなければ」と思った。リンゴを入れた包みを静かに取り、こっそりと出ようと思ったが、それでもお世話になった家の奥さんに一言お礼を伝えるために、まだ子どもと寝ていた男性の奥さんを起こし、静かに礼を言ってから家を出たという。

家の近くにはソ連軍の駐屯地があり、周りではたくさんの人々が並んで物を売っていた。琉璃子さんもその中に入っていって、リンゴを売るために地べたに座った。そのときにソ連兵が目の前を通り過ぎながら、ヒマワリの種を大量に口に入れ、殻だけをあふれるように口から噴き出していた光景をはっきりと覚えている。

そうしていると、突然弟が現れた。弟は「お姉ちゃん、昨日どこで寝たの？ 僕も連れて行ってよ」と言ったという。しばらく弟とその場所にたたずんでいると、前夜に泊めてくれた男性が琉璃子さんを探しにやってきた。琉璃子さんと目が合うと、すぐに駆け寄ってきた。

「そのとき、私に「ご飯も食べずにお腹空いてないの」と言って、おにぎり一つをくれたんです。その瞬間、私は弟を力強く押したんです。「もう行って」と言いながら。私は弟を置いて、男性と一緒に歩いていこうとしました。すると、弟が「連れて行って！ 連れて行って！」と叫びながら泣いていたんです。私は男性と一緒に歩きながら振り返ると、こちらを見ていました。もう一度振り返ると、弟は建物の陰に隠れ、こちらを見ていない振りをしました。もう一度振り返ると、また隠れたんです。それを三度繰り返し、四回目に振り返ったときには、弟の姿は見えなくなっていました。それが最後でした」

「弟に「連れて行って」と言われたのに、一人残してしまったときのことは、ずっと心の中にしこりになって残っているんです」

琉璃子さんは手にしていた青いタオルで涙を拭いた。

弟と別れる話は、琉璃子さんを訪れる度に何度も聞いた。あるときは、ソ連兵がヒマワリの種の殻を口から飛ばしているのを見ているときに弟に再会し、続きを次のように語っていた。

「「汽車が出発するから、お姉さんを探してきなさいと継母に言われている。早く一緒に行こう」と言う弟に、「リンゴを売ってから戻る」と答えました。数時間後、リンゴを売り終えて旅館に戻ると誰もいなくなっていたのです。再び市場に戻り、途方に暮れて泣いていたら、前日に私を泊めてくれた朝鮮人に偶然にも再び声をかけられました」

七〇年以上前のことで、この日の記憶は琉璃子さんの心の中では、その前後の混乱もあり、複雑に交じり合っているのかもしれない。

あるとき、私は「弟さんを男性の前で押しのけて別れたのでしょうか？ それとも旅館に帰ったときに、誰もいなくなっていたから別れてしまったのでしょうか?」と琉璃子さんに確認の質問をした。すると琉璃子さんは「おにぎりをもらったときに、弟を押して離したんです……」と答え、再び涙を流した。弟に対する罪悪感から、当初はすべてを話すことができなかったのかもしれない。

この日に何が起きたのか、取材で繰り返し確かめなければいけないと私は思っていた。だが、琉璃子さんは何かの記録や資料を参考にするわけでもなく、ただでさえ辛い記憶を、あくまでも自身の中にある記憶をたどりながら淡々と答えている。その姿を何度も目にしているうちに、「その日に何がどういう順序で起きたのか」という個人の歴史的事実を何度も心の傷に触れさせながら確定させるよりも、その日を琉璃子さんがどのように記憶し、それにどう向き合って生きてきたのかを知ることの方が、意味があるように思われた。

朝鮮の両親

琉璃子さんを引き取った男性は、靴工場で働いていた。夫婦二人と子ども二人の四人家族。当初この家族と一緒に暮らしていたが、二、三ヵ月後に家族は咸興を離れ故郷へ帰ることになったという。男性に「私たちと一緒に行かないか」と聞かれたが、琉璃子さんは咸興を離れる気にはなれなかった。

ちょうどその時期、娘がいない近所の朝鮮人夫婦が養女を迎えたいという話があったという。この夫婦は度々、琉璃子さんが住む家庭にも遊びにきていた。琉璃子さんはこの夫婦の娘として、再び新しい朝鮮の家庭に迎えられることになったのだ。

「再び新しい家庭に入っていくのは凄く不安なことだと思うのですが、なぜ咸興を出ようと思わなかったのですか？　弟さんがまだ咸興にいるのではないかと思ったからですか？」

「そう、そういう気持ちは確かにありました」と、琉璃子さんは小さな声で答えた。

琉璃子さんは咸興にとどまることになった。新しく琉璃子さんの育ての親となった母の名前はキム・ゴブンスン、その夫の名前はリ・ゾンファ。この両親から「リ・ユグム」という名前を与えられた。朝鮮語はわずか数ヵ月で自然と話せるようになった。その後は、「荒井琉璃子」を名乗ることはなく、リ・ユグムとして、この社会で七〇年以上を生きてきたのである。

植民地朝鮮を生きてきたその両親は日本を嫌っていたというが、琉璃子さんに対しては、我が子と同じように育ててくれた。映画やテレビで植民地時代の日本を扱った作品を見れば、琉璃子さん自身、自然と憎悪の気持ちが湧いてくることもあったという。

終戦後の三年間

一九四六年になると、ソ連の占領下の日本人送還について米ソ間の交渉が始まった。そして、この年の一二月、残留日本人を乗せた第一次送還船が元山や興南《フンナム》から日本へ向かった。この時点で朝鮮半島北部に残る日本人は約八〇〇〇人だったという。戦争が終結し、すでに一年四ヵ月が経過していた。多くの日本人避難民が前年の冬を越えられずに亡くなっていた。

一九四六年一二月から四八年七月まで一三回にわたり、朝鮮半島北部に取り残された日本人が引き揚げ船で日本へ帰っていった。琉璃子さんはこの間、新しい家族との暮らしにも慣れ、読み書きができない人々を対象にして開校された成人学校にも通ったという。琉璃子さんはこの二年の間になぜ帰国しなかったのか。

「日本に帰国する情報は入って来なかった」

琉璃子さんはこう言う。すでに朝鮮の両親のもと、日本人の集団とは離れて暮らしていた。琉璃子さんは引き取られてからの三年間で、朝鮮の社会に溶け込んでいった。

まったく同じこの時期に咸興から約三〇〇キロほど離れた平壌で、琉璃子さんと同世代の日本人、佐藤知也さん（当時一四歳）が終戦後の三年間を暮らしていた。一九四六年一二月から日本人の公的な引き揚げが始まったが、あらたな建国に向けて工場などを統括していた日本人技術者の残留が求められた。朝鮮半島北部は地下資源が豊かで、戦前から鉱工業が盛んだったという。父が技術者であった佐藤さん一家を含め、約九〇〇人の技術者と家族が平壌、咸興、清津などの都市に残ることになった。

一九三一年に東京で生まれた佐藤知也さんは、鉱山技師だった父・信重さんに連れられ、四歳のときに家族とともに平壌へ渡った。父は平壌から八〇キロの場所に位置する平安北道《ピョンアンプクド》の寧《ヨン》辺《ピョン》鉱山の開発に携わり、鉄道員の娘だった琉璃子さんと同じように、日本人の子どもが通う学校で学んだ。佐藤さんは四五年八月一五日、通っていた平壌第一中学校の校庭に集められ、玉音放送を聞いた。琉璃子さんが会寧を去って逃避行を続けている時だった。

この日の夜、日本人の精神文化の象徴であった平壌神社に真っ先に火がつけられた。佐藤さんが通っていた学校は終戦後四、五日後にはソ連軍の宿舎になり、さらに満州などからの避難民の収容所となった。このころ、佐藤さんも平壌に進駐していたソ連兵がヒマワリの種の殻を口から吐き出して歩いている光景を強く覚えているという。

技術者として朝鮮北部に残った日本人たちは、日本窒素肥料興南工場や水豊発電所にとどまり、製鋼所の再建など戦後復興にも力を注いだ。一〇代半ばの佐藤さんは、日本人の子どもたちが通う学校で小学校低学年を担当する代用教員として働き始める。その後三年間、まさに新しい国家づくりに進んでいく社会を垣間みてきた。

一九四五年秋ごろ、佐藤さんは二〇人ほどの日本人にまじり、勤労動員として大同江で砂利を運ぶ作業をしたことがあった。その時、現場監督をしていた片腕のない四〇代くらいの朝鮮人の男性が突然ズボンのポケットからピストルを取り出し、人がいない丘を目がけて発砲したことがあったという。後で聞いたことだが、彼は戦中「抗日分子」として日本人警官に捕まり、拷問を受けた過去があった。彼は日本人への憤懣をピストルに込めて発砲したのではないかと佐藤さんは言う。それでも、佐藤さんの記憶では、食堂や電車の中、日々接する近所の朝鮮の人々は日本人に親切に接してくれたという。

一九四八年六月、佐藤さんは一二年間暮らした平壌を離れることになった。残留日本人を乗せた最後の引き揚げ船となる「宗谷丸」に乗り込み、七月四日に元山を出港し、日本に帰国したのだ。船には一七〇〇人の日本人技術者が乗っていた。しかし、佐藤さんの父・信重さんをはじめとする一五人の技術者が乗船直前に当局から呼び出され、そのうち父を含む七人はシベリアに抑留され、八人は平壌の刑務所へ入れられ、その後、工場などで働くことになった。父がようやく日本に帰国したのは五六年のことだった。「朝鮮人と結婚し現地で家庭を築いていた日本人の中には、「宗谷丸」に乗ることなく、現地に残った人もいました」と佐藤さんは言う。

二七〇〇余の日本人が眠る平壌郊外の龍山《ヨンサン》墓地。そのほとんどの身元が分かっていないという。現在、ここに埋葬された日本人の遺族や関係者で結成された龍山会の会長を務める佐藤さんは「遺族は高齢化が進んでいる。墓参事業が進むようになってほしい」と話している。

咸興で暮らしていた琉璃子さんは、佐藤さんが乗った「宗谷丸」も知らないままだった。

育ての親となったキム・ゴブンスンさん（前列左）と
荒井琉璃子さん（同中央）（撮影年月不詳，咸興）

朝鮮戦争以後

荒井琉璃子さんは一八歳ごろから、咸興絹織物工場で働き始めた。このころには、リ・ユグムという朝鮮名を自然と受け入れられるようになっていた。さらに、琉璃子さんがこの国の社会の一員であるということを自覚した大きな出来事があった。一九五〇年に勃発した朝鮮戦争だ。

「工場で働き始めたばかりのころに朝鮮戦争が始まり、街はほとんどが破壊されました。同僚たちと郊外の山へ避難し、防空壕で靴を作ったり縫い物をしたりして仕事を続けました。その時に朝鮮の同僚たちが私も彼らと同じ仲間として接してくれ、私を信用してくれていると実感しました。この時期を通し、私も彼らと同じなのだと自覚するようになったのです」

朝鮮戦争中、朝鮮北部の工場や軍事施設は徹底的に破壊された。佐藤知也さんの父の同僚で、帰国船に乗る直前に呼び出されて朝鮮に残された八人は、全員が戦争中に命を落とすことになったという。そのうち三人は、一九五〇年八月に興南の工場で米軍機の攻撃により亡くなった。この工場は琉璃子さんが暮らす咸興からすぐのところにあった。

朝鮮戦争休戦の翌年の一九五四年一月、日本赤十字社はジュネーブの赤十字社連盟を通して朝鮮赤十字会に対し、残留日本人の安否をたずねた。二月、「現在、極めて少人数の日本人残留者がおり、帰国を希望する者があれば、喜んで帰国を援助したい」という返事があった（『日本赤十字社法制定五〇周年記念 そして新たな旅立ち』日本赤十字社、二〇〇二）。そして、五六年四月二二日、三六人の日本人を乗せた「こじま丸」が京都・舞鶴港へ帰港した。男性は一人だけで、その他は全員女性。そのほとんどが夫と死別した未亡人だったが、中には、引き揚げ直前に朝鮮人の夫と離縁して船に乗った日本人女性もいたという。

この引き揚げ船にも当時二三歳の琉璃子さんは乗ることはなかった。以降、公的な引き揚げ事業は行われていない。

四年後の一九六〇年の夏、琉璃子さんは九歳年上のトン・ビョンフルさんとお見合いし、結婚した。二七歳だった。叔母の紹介で、見合いの日に琉璃子さんの自宅で初めて顔を合わせた。

「琉璃子さんにとっては何回目のお見合いだったのですか？」

「一回目です」。琉璃子さんは照れ笑いをした。

「え、たった一回で？」

「だって、夫が私を見て、好きだと言ってくれたから。私も早く嫁に行きたかったの」

こう言うと、隣にいた琉璃子さんの孫のウンスクさんも、私も笑った。

ビョンフルさんは咸興駅に勤務する鉄道員。琉璃子さんの実父と同じ職業だった。式は、琉璃子さんの家で開いた。そのときに育ての父から言われた言葉を琉璃子さんはいまでも覚えている。

「父は「お前は本当の娘だよ。幸せになるんだよ」と言って、私を送り出してくれました。そのときに私を見つめる父の本当に温かい表情が忘れられないんです」

日本への手紙

結婚から三年後の一九六三年には、息子のチョルウンさんが生まれた。このころ、勤めていた工場に帰国事業でこの国に渡ってきた「日本人妻」が勤務するようになった。その中で親しくしていた女性の一人がパク・ミレザさん。彼女の出身地や日本名は分からないという。すでに彼女は亡くなっているが、若いころには自宅に時々遊びにいくこともあった。

ある日、生き別れた日本の家族の話を打ち明けたことがあった。そのときに、日本へ手紙を書くことをすすめられたという。

「それで、熊本の祖父母の家へ手紙を送ってみたのですが、返事が届かなかったのです」

その後、今度は熊本の役所へ「祖父母の住所に手紙を転送して欲しい」と添えて手紙を送った。すると、しばらくして兄から返事が届いた。一九四五年九月に咸興で別れた当時一〇歳の弟は、飢えをしのいで一人三八度戦を越え、ソウルにたどり着き、出会った日本人に助けられて四六年に帰国していた。戦地に赴いた父も、会寧で別れた継母も、無事日本に戻っていた。

父は琉璃子さんの行方を探しながらもすでに亡くなっていることが記されていた。

「手紙には「会いたいね」と書かれてありました。私も家族に会いたい気持ちはありましたが、すでに結婚し子どもも生まれていたので、いまさらここを離れようとは思いませんでした」

戦後の混乱の中で無事日本に帰国することができた弟や父親は、琉璃子さんのその後の人生をどのような思いで想像していたのだろうか。琉璃子さんが最後に日本の家族と手紙のやりとりをしたのは一九八〇年代だという。すでに弟も亡くなっている。

私は琉璃子さんに「現在も日本に行きたいという思いはありますか？」とたずねてみた。

琉璃子さんは、首をかしげて考えていた。日本での記憶はわずかしかなく、一二歳から朝鮮の家庭で育てられ、ここで結婚し、子どもを育て、ひ孫もいる。日本には直接知る親族もいない。それでも琉璃子さんは「故郷」である日本を訪れたいと言う。七〇年以上前に別れた父母や兄弟の墓参だけでなく、琉璃子さん自身のアイデンティティーの一部を見つめ直したいという思いもあるのかもしれない。

一八歳で働き始めてから、絹織物工場には五五歳まで勤めた。生産現場は三九歳のときに離れ、その後は同じ工場内で主にそろばんを使った会計や事務の仕事をしてきたという。優しかった夫のビョンフルさんは、一九八〇年に胃がんで亡くなった。

現在は、朝七時ごろに起きて、夜の九時ごろには寝るという。昼間は近所の友人たちと自宅や公園に集まって話をしたり、ひ孫と一緒に遊んだりして静かな老後を送っている。

「日本の両親のこと、そして弟のことは忘れたことはありません。その一方で、私を育ててくれた朝鮮の大切な両親には感謝の思いしかありません」

二〇一四年五月に日朝政府間で結ばれた「ストックホルム合意」に基づき、設置された「特別調査委員会」は、琉璃子さんを含む八人の残留日本人の生存を確認している。しかし、高齢化により、現在確認されている生存者は荒井琉璃子さん、ただ一人だ。

「特別調査委員会が調査のために琉璃子さんの元を訪れたのはいつごろでしたか？」

「特別調査委員会？」

琉璃子さんは不思議そうな表情でつぶやいた。

「おばあさんは、あまり知らないんです」

取材に同席していた孫のウンスクさんが答えた。ここで静かな老後を暮らしてきた琉璃子さんはストックホルムでの日朝合意も、特別調査委員会の存在も知る機会はなかったのだろう。

朝鮮戦争後に再発行された琉璃子さんの公民証には朝鮮人として登録されている。

「公民証は朝鮮人なのに、どうして琉璃子さんが残留日本人だと分かったのでしょうか？」

琉璃子さんは「内部的にはきっと分かっているでしょう」と答えた。

現地の行政担当者によると、一九七〇年代には咸鏡南道には残留日本人が二四人、日本人妻とその子どもは三〇八人いた。いまは、残留日本人は琉璃子さん一人、日本人妻は三七人しか存命していないという。

再び海岸へ

琉璃子さんのアパートを訪れた翌日、一年ぶりに再び琉璃子さんと海を訪れた。今度は私たちが砂浜にシートを敷き、七輪を囲んでアヒルや豚肉、野菜のバーベキューをした。

この日は咸興に住む「日本人妻」の友人、中本愛子さんも駆けつけた。二人は二五年ほど前から親しくしているという。六年前、琉璃子さんの八〇歳を祝い自宅で催されたお祝いの会には、家族や友人など三〇人近くが集まった。その際に撮影された写真には、琉璃子さんと肩を寄せ合う愛子さんが写っている。琉璃子さんより二歳年上の愛子さんの故郷も熊本県。一九六〇年に朝鮮人の夫の親族が暮らす咸興に移住するため、帰国船に乗った。以降、一度も故郷・日本を訪れていない。

「お二人はどのようにして出会ったんですか？」

私が聞くと、愛子さんがこう教えてくれた。

「日本人同士の集まりがあるときに、一緒に参加していたのよ」

自宅でひ孫のスジョンちゃんの髪を結う荒井琉璃子さん
(2018 年 11 月，咸興)

この国が建国された当時から朝鮮人として生きつつも、琉璃子さんは日本人としてのアイデンティティーを失うことはなかった。琉璃子さんは日本人同士の交流会の場に当たり前のように存在していた。私は元山に暮らしていた「魚屋さん」と呼ばれていた女性を思い出した。今では詳細が分からない残留日本人の彼女も、「日本人妻」たちで作る日本人のコミュニティーの一員として確かに存在していた。

私の向かいに座る琉璃子さんと愛子さんの背後には咸興の海が広がる。この風景を前に、なぜ二人の日本人女性がここにいるのかとあらためて考えていた。一人は植民地時代にたまたま朝鮮半島に派遣された両親の元で生まれた。もう一人は、朝鮮の家庭に生まれた男性と出会い、結婚した。彼女たちは私と同じ年のころ、どんな思いでこの街で暮らしていたのだろう。五〇年前に三〇代だった二人と話ができたとしたら、どんな会話をしただろうかと考えていた。

突然、「ちょっとそれ取って」と愛子さんが琉璃子さんに日本語で話しかけた。琉璃子さんの足もとに置いたままだった、私の取材ノートとボールペンを指差していた。琉璃子さんはすぐにそのノートを取ると「はい」と日本語で言って、愛子さんに手渡した。

愛子さんはペンを握ると、少し震える手でゆっくりと文字を書いた。

「私は愛子　貴方は典子　また会う日まで」

それを見ていた琉璃子さんも、ペンを手に取り、そのすぐ隣に「荒井琉璃子　さようなら」

と書き足し、笑った。「さようなら」と書くときの手の動きが少しぎこちなかった。きっと書くことのできる文字を選んで、書いてくれたのだろう。

このとき、その場でプリントできるインスタントカメラで二人と記念写真を撮った。手のひらサイズに印刷された写真を手渡すと、琉璃子さんは丁寧にハンカチの上にのせて包み、バッグにしまった。

昼食を終え、自宅まで送る車に琉璃子さんが乗り込むと、窓ガラスを開け、外に立つ私の手を強く握りしめた。そしてそのまま、声を出さずに涙を流した。車のエンジンがかかっても手を離そうとせず、車が動き出して自然に手が離れた後も、ずっとお互いが見えなくなるまでこちらを見つめ続けていた。

第5章　かなわない里帰り——咸興の「日本人妻」たち

平壌での年越し

二〇一七年一二月三一日、新年を間近に控えた大晦日の午後四時。滞在していたホテルの部屋にめずらしくチャイムが鳴った。ゆっくりとドアを開けると、ホテルの女性スタッフ三人がニコリと微笑んで、二〇一八年の新しいカレンダーを届けてくれた。室内に戻り、さっそく壁に掛けてある一二月のカレンダーの上に重ねてみた。新しいカレンダーには、正月らしいカラフルなフラワーバスケットの絵が描かれている。

ここ平壌で年を越すのは初めてだ。一二月二二日に国連安全保障理事会が採択した追加制裁決議に関する外国メディアのニュースがホテルの部屋のテレビでも繰り返し報道されている。決議では、一一月の大陸間弾道ミサイル（ICBM）「火星15」の発射を受け、石油製品の輸出を年間五〇万バレル（一バレル＝約一五九リットル）に制限し、年間輸出量を最大九〇パーセント削減すること、さらに二年以内に海外の朝鮮人労働者を本国に送還することなどが定められていた。

私は二〇一七年一二月から一八年一月にかけて、冬の各地の景色を撮影するためにこの国を訪れていた。西部の南浦《ナムポ》のホテルではハマグリのガソリン焼きを食べたが、外は寒いので焼き終えたハマグリを部屋の中で一つ一つ殻から取り出して食べた。冬の南浦を訪れる外国人はほとんどいないのだろうか、ホテル内はひっそりとしていた。

外国人観光客が少ないのは南部の開城も同じようだった。平壌と開城の間で立ち寄る休憩所は、普段であれば中国やヨーロッパからのツアー客を乗せたバスや個人旅行者を乗せた乗用車であふれかえっているが、今回は私を乗せた車しかない。売店の女性たちは、暇つぶしに真っ白い雪で覆われた駐車場でバドミントンをして遊んでいた。女性たちがヒールのある冬用サンダルを履き雪の上を飛び跳ねたり走ったりしている光景に、私はずっと見入っていた。

大晦日の夜、私は新年のカウントダウンをたのしむ人々の様子を撮影するため、金日成広場へ向かった。大同江の向こうに見える主体思想塔の最上部では、いつもと同じように烽火の光が真っ赤に輝いていた。広場にはお祝いの花火を見ようと、大勢の平壌市民が押し寄せている。大同江の遊覧船に乗ることもできると案内人から提案されたが、乗ってしまうと他の場所への移動ができなくなってしまう。広場の最前列が一番いいと判断し、大同江沿いに移動した。多くのカップルや家族連れでにぎわい、子どもたちは色とりどりの風船を手にしていた。

突然、花火が上がり、大きな歓声がおきた。私はすぐに後ろを振り返り、花火の光でオレンジ色に照らされる群衆の表情を何枚も撮影し始めた。群衆の一番前に立ち、花火を見ないで後ろを向いたまま、カメラで市民の表情を撮影しているのは私だけだった。きっと目立ったのだ

平壌の黎明通りに 2017 年 4 月に竣工した高層建物群の夜景
(2017 年 12 月)

ろう。近づいてきた警備の男性に「人の顔は撮らないで」と何度も注意されたが、この瞬間は一年後までやって来ない。「すみません！」と心の中で何度もつぶやきながら、撮影を続けた。

翌日の一月一日、金正恩委員長による「新年の辞」が朝鮮中央テレビによって発表された。二〇一三年以降、六回目となる「新年の辞」である。ここでは自主的な経済建設についての課題や提案が述べられたほか、韓国で予定されている冬季オリンピックについて言及した上で、「われわれは代表団の派遣を含めて必要な措置を講じる用意があり、そのために北と南の当局が至急会うこともできるでしょう。同じ血筋を引いた同胞として、同族の慶事をともに喜び、互いに助け合うのは当然なことです」と述べ、海外でも大きく報道された。

平壌で新年を迎えた数日後、私は中国・東北部の丹東にいた。平壌駅から列車に乗り、今回は中朝国境の中国側の街、丹東で下車したのだ。

朝五時すぎ、滞在しているホテルのカーテンを開けた。暗闇の中に唯一光るのは、ホテルの目の前を流れる中朝国境の川、鴨緑江に架かる橋のゲートに表示された「中朝友誼橋」の文字。オレンジ色にライトアップされていた。

一時間ほど窓ガラスの前で椅子に腰掛けコーヒーを飲んでいると、先ほどまでライトアップされていた光は消え、それとほぼ同時に対岸の街、新義州のずっと向こうの山ぎわから朝日が昇ってきた。やがてすこしずつ光が散乱し、グラデーションになる。この時間帯の風景を撮影するため、数日間このホテルに滞在していた。

私が滞在するホテルのロビーには、鴨緑江を遊覧船でめぐるツアーの集客用ポスターが貼られている。参加すれば対岸の国に少しでも近づくことができる。暖かい季節には、船の上で着飾った新婚の中国人カップルや旅行者が記念撮影をしているが、冬のこの時期はとにかくひっそりとしている。数日前まで滞在していた平壌よりもずっと寒い。景色を撮影するために少し外に出ただけで、寒さに耐えられずに部屋に戻りたくなる。

川沿いの遊歩道の露店では、七時ごろから焼き栗を売り始める男性がいる。七〇代だろうか。極寒の中で、一日中座り続けている。ホテルの部屋から彼の様子を観察したり、時々橋を見つめたりして一日を過ごしていた。ゆっくりとこちらに向かってくる列車、またはこちらから向こうに行く列車やトラック。毎日、人が行き来していた。

二〇一八年前半、朝鮮半島情勢は前年のこの時期には想像すらできない展開に向かっていた。一月に軍事境界線にある板門店の南北連絡チャンネルが二年ぶりに再開され、二月に開催された平昌オリンピックではアイスホッケー女子の南北合同チームが結成され、開会式で合同入場行進が行われた。同時期に韓国での三池淵《サムジヨン》管弦楽団による公演、さらに約三年ぶりの南北離散家族の再会事業、そして約一〇年ぶりとなる南北首脳会談が開催された。

北京－平壌間を移動する国際寝台列車の食堂車
(2017 年 12 月，新義州)

中朝国境の街・丹東のホテルから見える早朝の
中朝友誼橋と新義州(2018 年 1 月)

咸興の「日本人妻」

二〇一八年六月、半年ぶりに平壌を訪れた私は、到着してすぐ、案内人の男性から「日本人妻」の堀越恵美さん(第2章)が亡くなったことを聞いた。最後に会ったのは一七年四月。取材の半年後に自宅で息を引き取ったという。

平壌のホテルの部屋に入ると、勝利通りを挟んで向かいに立つ高層アパートを見上げた。堀越さんはこのアパートの二五階に暮らしていた。奈良キリ子さん、井手多喜子さん、そして堀越恵美さん——。「日本人妻」の女性たちが、一人ずつ亡くなってしまう。この国を訪れる度に、切なく悲しい思いに直面する。高齢の彼女たちに残されている時間が限られているのを、嫌でも実感せざるを得ない。

私は東海岸にある咸興で、四人の日本人女性を取材してきた。三人は、半世紀以上前に新潟を出港してから一度も日本を訪れたことがない女性たちだ。そのうちの一人が石川県出身の大田明子さん。私は平壌から咸興に移動し、滞在先で大田さんに再会した。

咸興の宿泊施設で待っていると、二〇メートルほど離れた場所で、車が止まる音がした。私はすぐに部屋からベランダに出て身を乗り出した。うす青い長袖のシャツ、黒いズボンを履いた明子さんが車から降り、こちらに向かって歩いてきている。二階のベランダからその様子をしばらく見ていると、明子さんと目が合った。明子さんもこちらに向かって右手で大きく手を振って会釈をした。周囲には花を咲かせたアカシアの木が風に吹かれて大きく揺れていた。

明子さんとの再会は約一年ぶりだ。ふさふさのショートカットの髪の毛は前年と変わらない。足取りも軽やかで健康そう。私が取材をしている「日本人妻」の女性たちの中では、明子さんが一番の年少者。若いと言っても七〇代半ばである。一年前の取材の続きの話を聞くために、再び彼女に会いたいと思っていた。部屋をノックする音が聞こえ、ドアを開けると明子さんがニコニコしながら立っていた。身長は私よりも少しだけ小さい。

「お久しぶりです」と声をかけた。

明子さんは、一九四二年一〇月二二日に能登半島の小さな集落で土木業を営む父と母の間に長女として誕生した。

「私が生まれた家は木でできていて、屋根には笹を重ねてのせていたんです。家のすぐ前には大きな蔵がありました。一〇〇年以上は建っていますよ。そこには祭事などで使うお膳などをしまっていたんです。家から二〇〇メートル先には海があり、養殖の牡蠣は東京や大阪へ送られていました。夏には、よく海に泳ぎにいき、唐辛子やネギを針に付けて小さなタコを釣ったこともありました。家の裏には竹やぶがあって、すぐ後ろを汽車が通っていたんです。最寄りの駅の隣には桜の木がありました」

明子さんは六人兄弟。兄が一人、母は三歳のときに亡くなり、その後父が再婚した女性との

海辺でバーベキューをする地元の海水浴客
(2017 年 7 月，咸興)

結婚を祝い海辺を訪れていた新郎新婦とその親族たち
（2017 年 12 月，鏡城）

間に妹が三人、そして弟がいたという。

「子どものころはどんなお子さんだったんですか？」

こう聞くと、明子さんは口元を手で抑えながら「恥ずかしがり屋で」と笑った。

当時は、遊んだ記憶がほとんどないという。三人の妹たちの子守りをしたり、家事を手伝ったりで忙しかった。そして、中学を出ると看護師として地元の病院で働くようになった。

夫と出会ったのは一九六三年、二〇歳ころのことだった。一歳年下の夫は栃木県出身の在日二世。

「朝鮮名は鄭国勝《チョンククスン》。日本名は村上国勝《くにかつ》です」

こう言うと、明子さんは夫の名前の漢字を私のノートに書いた。

両親は現在の韓国の南東部に位置する慶尚南道《キョンサンナムド》の昌原《チャンウォン》出身。夫の両親がなぜ日本にきたのかは、分からないという。当時ククスンさんは、バスやダンプカー、トラック、トラクターなど、あらゆる種類の車の運転手として働いていた。明子さんがお兄さんと一緒に借りて暮らしていた家のすぐ近くに、ククスンさんが働く会社の事務所があったため、自然と顔を合わせ、話をするようになり、お互いに好意を持つようになっていったと明子さんは話す。ククスンさんはこの地域の朝鮮総連の青年同盟に入っていたので、付き合い始めた当時から、彼が朝鮮人だということは知っていたという。出会って数ヵ月後には、すぐ近くにあった夫の実家に挨拶に行ったが、父は明子さんが日本人だという理由で、二人の結婚には反対したという。一方、明子さんの父も、朝鮮人との結婚に反対していた。

「結婚を反対されたので、結局主人と一緒に家を出るしかありませんでした。そして、主人の運転の仕事に一緒に付き添って、神奈川や埼玉、大阪、千葉など各地を転々としながら暮らすことにしたのです。そして、一九六五年五月六日に茅ヶ崎で長女の明美が誕生しました」

明子さんが見せてくれた写真には、エプロンを着け、カチューシャを頭に付けた明子さんが茅ヶ崎で暮らしていた家の畳の上に正座して、生後六ヵ月になる娘の手を両手で握って微笑んでいる姿が写されている。

「このときは、この髪型が流行っていたんです」

写真を撮影したのはクㇰスンさんだという。この明子さんの表情と、この瞬間にシャッターを押したクㇰスンさんの気持ちを想像してみると、たとえ裕福ではなくても、ささやかな幸せの中で暮らす一家三人の日常が伝わってきた。家族で訪れた志賀高原のリフト乗り場や熱海城で撮影した写真も、明子さんは今も大切に手元に置いている。

長女が誕生した半年後の一一月二五日、二人は石川県に戻り地元の神社で小さな結婚式を挙げた。明子さんが二三歳の時だった。

「そのときは、どのような花嫁衣装を着たのですか？」

熱海城の前で娘の明美さんと一緒に写真に写る
大田明子さん（1965 年ごろ，熱海）

咸興市内で暮らす大田明子さん(2018 年 11 月，咸興)

「朝鮮のチマチョゴリです」

「何色のどんなチマチョゴリだったんですか？」

こう聞くと、明子さんは足もとに置いていたバッグに手を入れ、「むかし、むかし、そのむかし……」と少しおどけて恥ずかしそうに言いながら、フォトアルバムの台紙を取り出した。

時間が経過し、少し黄ばんだ台紙をゆっくりと開いた。写真はもちろんモノクロだが、ふんわりとしたチマチョゴリを着て、頭にはベールを付けた明子さんと、その隣で緊張した表情で立つククスンさんが写っている。ピンクと赤のチマチョゴリは夫の父からの贈り物だったという。すでに子どもが生まれていたこともあり、家族は結婚を理解してくれるようになっていた。

一九六七年六月二三日の晴れた日、一五〇回目の帰国船で新潟を出港した。帰国の手続きは、地元の役所で行い、日本を出る時には他の多くの日本人妻と同様に国籍は日本のままだった。清津に到着したのは二日後の二五日。帰国事業が開始された最初の数年は、一〇〇〇人以上が一つの船に乗り込むこともめずらしくなかったが、次第にその数は減っていった。六七年は事業が開始されてすでに八年目を迎えていた。日本赤十字社の記録によると、明子さんと同じ一五〇回目の船には一九一人だけが乗っている。明子さんによると、その中で日本人は四人だった。

新上、定平、そして咸興

「父は私と離れたくないと言っていました。でも当時は日本ではお金がかかるし、子どもたちの教育には朝鮮の方がいいと思ったんです。それが朝鮮へ渡ったただ一つの理由です」

「でも、心配なことはありませんでしたか？　言葉も……」

「もちろん」。私の質問が終わる前に、明子さんはすぐにこう答えた。

「言葉も知らないし、見たこともない。主人に付いてきただけで。何も知らないからね。本当にね……。何と言ったらいいのか」

明子さんはため息をついた。

「清津に到着したら主人の兄が迎えにきてくれていました。でも、私の親戚は誰もいませんでしたから、正直寂しいなと思いました」

こう言うと、窓の方を見つめた。明子さんの朝鮮名は、数ヵ月後、役所での手続きの際に受付の男性職員が考えたという。

「最初は主人と同じ名字になる予定だったのですが、夫が「朝鮮では夫婦同じ名字は駄目だ」と言い、何となく朴という名字に、そして私の日本名の明子の漢字を使って、明玉《ミョンオク》という名前になりました」

長女の明美さんは、漢字はそのままで明美《ミョンミ》という朝鮮名になった。

最初の九年は、新上《シンサン》という場所で暮らした。五〇〇〇〇人を超えるほどの人口の地域。咸鏡南道の定平《チョンピョン》郡に位置し、現在は新上労働者区と呼ばれる。咸興市内から車で一時間ほどの場所にある定平という比較的大きな町から、さらに東へ行った場所にある。外国人はほとんど訪れることのない地域だろう。明子さんは地元の託児所で働いた。

託児所の子どもたちが寝ている間に、必死に朝鮮語の読み書きの勉強をし、一、二年で言葉を覚えたという。平壌や咸興などの都市とは違い、ここには他に日本人も帰国者もいなかった。明子さんはいま、私との会話でも少し話が長くなると自然と朝鮮語が口から出てくる。日本語を話す機会がない環境で生きてきた明子さんの人生を物語っているようだ。この国に来てから三人の子どもを産み、明美さんを含め、男の子二人、女の子二人の四人を育ててきた。

明子さんの夫・クㇰスンさんは帰国後、農業用の機械製作所で、車の修理や運転手をして働いていた。一九七六年に勤め先の都合で、定平の中心部に引っ越すことになった。

「引っ越してから編み物の仕事をしました。定平には三〇年間暮らしましたが、少し離れた地域に帰国者が一人、二人いたので、時々会うこともありました。それでも身近には帰国者がいなかったので、日常的に親しくお世話になったのは近所の朝鮮の方たちです」

クㇰスンさんの両親は日本に残っていた。そのため二年に一回ほど、明子さん一家を訪ねてきていたという。当初は一九七九年八月から始まった在日朝鮮人のための祖国短期訪問用の貨客船「三池淵号」で、九二年以降は「万景峰92」で行き来していたという。九〇年代後半の大飢饉の際には、日本にいる義理の母からのそれまでの仕送りが大変、助かったという。

一九九九年、ククスンさんは脳出血で亡くなった。五六歳だった。「主人も、主人のお兄さんたちも死んでしまったので、残っているのは私だけです」。こう明子さんは呟いた。

咸興に来たのは二〇〇六年。つい最近のことだ。平壌の金策《キムチェク》工業総合大学を卒業した次男の泰秀《テス》さんが、咸興の工場で電気技師として働くことになったため、同居するようになった。金策工業総合大学は電子工学や機械科学、鉱業などを教え、技術者を養成する難関大学だ。

「咸興に暮らす日本人の女性たちとはどんな話をするんですか？」

「いい話も悲しい話も、何でもしますよ。世間話や日常的な話です」

日本人たちとも話をするが、身近な朝鮮の女性たちとの繋がりの方が深い印象を受けた。

「近所の方たちが一番仲はいいです。困ったときには助け合ったりして」

看護師の経験があるため、近所で具合が悪い人がいれば、様子を見ることもあるという。

「日本にいるご家族とは、連絡を取りあっていますか？　電話をしたり？」

「電話ではなくて、手紙です」

実父が亡くなるまでは手紙のやりとりがあったという。最後に連絡が来たのは、父が亡くなったという悲しい知らせだった。

故郷・能登半島

「お父さんが亡くなったときの写真です。日本のお兄さん、下の弟、妹……」

明子さんは二枚の写真をテーブルに置き、兄弟を一人一人指差した。自宅前で撮影されたものだという。みな喪服を着ているので、葬儀の後に撮ったものだろう。明子さんの弟が遺骨を抱えてしゃがんでいる。髪型や雰囲気から随分前の写真だと思った。一九八〇年代だろうか。

「明子さんが生まれた同じ場所に、いまも家があるんですか?」

「はい。昔の家は壊して、新しい家を建てたそうです」

この写真の家が、その家だという。私はカメラを取り出し、二枚の写真を接写した。

明子さんは一九六七年に渡航してから、一度も日本に帰っていない。三度行われた里帰り事業は二〇〇〇年まで。四回目以降の里帰りに申請を出していたが、かなわなかった。

「五〇年経って、しわだらけに……。おばあさんになりました。本当に……、ため息が出るというか……」。こう言って、再び窓から海を見た。

「海の向こうは日本ですが、日本を想像することはありましたか?」

「生きていくのに一生懸命で。時々、ありますけどね。里帰りをあきらめて、五〇年経ちました……」。こう言うと、明子さんは「あははは」と悲しそうに笑った。

私は大田明子さんが見せてくれた二枚の写真を手に、能登半島のある集落を訪れた。最寄りの駅のすぐ近くには、明子さんが話していた通り、桜の木があった。このあたりには宿泊できる場所がないので、前日はいくつか先の駅前にあるホテルに泊まり、一時間に一、二本ある電車に乗ってやってきた。

明子さんの取材を終え日本に帰国した私は、明子さんが生まれ育った地域を、Google マップで検索した。そして航空写真やストリートビューで海沿いの集落を丹念に見て、日本から送られてきた写真の風景と少しでも重なる場所を探していた。家の背後にあったという線路を中心に探して行けば簡単だと思っていたが、結局数日かかった。住所が分からなくとも明子さんに最寄りの駅名だけでも確認していればよかったが、それを忘れ時間がかかってしまった。

探し出すことができたのは、一〇〇年ほど前から家の前に建っていると話していた蔵が目印になったからだ。明子さんが手にしていた写真には蔵の壁が一部、写っており、それとまったく同じ外壁の蔵が、ストリートビューにはっきりと表示されたのだ。

のどかな海沿いの町を駅から緊張しながら歩き、自宅前にある蔵にたどりついた。奥にはコンクリート造りの自宅がある。喪服を着た明子さんの兄や妹たちの集合写真が撮影された場所だ。

明子さんが語っていた通り、家の先には静かな海があり、後ろには竹やぶがあった。周囲を見渡していると、隣家に暮らす女性と目が合った。明子さんと同年代か、少し上くらいだろうか。庭の草花に水を与えていた。

「めずらしいわね。どちらから来たの?」

「東京です」

「東京? 隣の方は、昼間はほとんどいないのよ、仕事があるから。夕方五時ごろに一度帰ってくるけれど、またすぐ出かけるのよ、毎日。ご飯を食べにね」

「そうですか」。私はこう言うと、念のために玄関のインターホンを押したが、やはり応答がなかった。毎日ご飯を食べに出かけるということは、一人で暮らしているのだろうか。

「お知り合いなの?」。隣の女性は私に気軽に話しかけてきた。とても気さくな方だったが、どう答えていいか分からず、「いいえ……」と返事をしてから、私も彼女に質問をした。

「ここにはずっと暮らしているんですか?」

「そうよ、嫁いできてからずっと。もう六〇年くらいここに住んでるの」

六〇年と聞いた瞬間、この女性は五一年前まで日本で暮らしていた明子さんのことを知っているかもしれないと思った。

「あの……、お隣で暮らしていた大田明子さんってご存知ですか?」

小さな声で聞いてみると、その女性は作業をしていた手を止め、私を見た。

「えっ？　アッコちゃんのこと？」

一瞬、驚いた表情をしたが、すぐに冷静にこう続けた。

「アッコちゃん、仲良かったのよ、私。でも連れて行かれちゃったのよね、北朝鮮に……」

連れて行かれちゃった——。この言葉に、正直とまどった。

「ああ、そうなんですか」と私は簡単に返事をした。私は咸興で明子さんに会った話も、あえてしなかった。この女性も、私がなぜ明子さんの存在を知っているのか、なぜここに来たのかを聞かなかった。それよりも、目の前の畑や植物の世話で忙しそうだった。

「では、夕方五時ごろにまた戻ってきます」。こう言って、私はその場を離れた。

明子さんは、どのようにして夫と出会い、なぜ日本を離れ、その後必死に朝鮮語を覚え、子どもたちを育て上げ、いまもふるさとの日本を思いながら暮らしていると語ってくれた。だが、拉致問題などのイメージから、連れて行かれたという認識のほうがいまの日本に暮らす人々にとっては自然なのかもしれないと感じた。

突然の訪問に

夕方四時ごろ、予定よりも一時間早く再び家の前に向かった。それから四時間、自宅の前で待ち続けたが、結局その間、誰も帰宅することはなかった。

翌日、私は朝からホテルのロビー脇にある喫茶店でパソコンを開き作業をしていた。明子さんの親族はいつ戻るか分からない。夜まで待機することにした。そして午後八時ごろ、再び電車に乗り、駅から家までの暗い夜道を再び緊張しながら歩いた。その途中、突然大雨が降って来た。ずぶ濡れになりながら、ようやく家の前に到着すると、昨日はなかった車が敷地内に駐車していた。家の窓に掛けられたカーテンの下部からは灯りが漏れていた。

私はインターホンを押した。少しおいて、ゆっくりドアが開いた。様子をうかがうように顔を出したのは、五〇代前半ぐらいの日焼けした男性だった。少し土のついた作業着を着ている。

「あの……、突然すみません」。こう言うと、その男性は驚いた表情で私を見た。どう話しかけていいのか。怪しまれてドアをいきなり閉められてしまうことだけは避けなければと思い、すぐに手帳から写真を取り出した。

「この写真、ここのおうちで撮影されたものだと思うのですが」

こう話しかけると、男性は眉間にしわを寄せ、まじまじと写真を見た。

「ここは……、うちですね。これは親父が亡くなったときの写真です。三〇年くらい前の……」

手で頭をかきながら、男性は再び私を見た。なぜ私がこの写真を持っているのか、困惑した表情だった。私が東京から来た写真家であることを伝え、こう言った。

「実は、北朝鮮に暮らしている日本人女性を取材しているのですが、大田明子さんにお会いする機会がありまして。そのときに、この写真を見せていただいたんです」

現地で明子さんに会ったと話しても、男性はそれほど驚いた様子ではなかった。あまりにも突然のことで、まだ実感が湧いていないのかもしれない。

「あぁ、聞いたことあります……」

明子さんが日本を発った五一年前、この男性は当時まだ生まれていなかったか、物心がついていなかったのかもしれない。明子さんが日本を離れた後に、兄や姉から明子さんの話を聞いたことがあったという。

私は親族の中で明子さんがどう記憶されてきたのかを知りたかった。明子さんと一緒に暮らしていた兄であれば、語れることも多いはずだと思った。

「お兄さんは、どちらに?」とたずねると、「金沢の方に……、ちょっと待ってください」と言って、男性は家の中に入っていった。彼が持って来たのは一九九九年に明子さんの兄から届いた住所変更のハガキだった。それ以降、連絡を取っていないと言う。

「姉なら、何か直接知っているかもしれません」

姉というのは、明子さんが子どものころに面倒を見ていた妹たちのことだとすぐに思った。

普段の取材であれば、その場で連絡を取ってもらい、可能であれば会う約束をし、話を聞こうとしただろう。そのために私は東京からここまでやってきたのだ。だが、明子さんについて「聞いたことありますか……」とつぶやいた男性の表情や口調には、感情がほとんどなかった。親しみを抱いているわけでも、逆に明らかな嫌悪感を示しているわけでもなかった。この一家にとって明子さんは、もう遠い所に行ってしまった人なのかもしれない。もしかしたら、触れてはいけない家族の歴史に触れてしまっているような印象すら持った。とりあえず今回はここまででいいと、自然とそう思えてきた。

一応、明子さんの兄の住所が書かれたハガキを携帯電話で写真を撮らせてもらった。

「明子さんの写真、差し上げましょうか？」

「えっ、申し訳ない気もしますが……、では、一応いただいてもいいですか？」

「はい、もちろんです」

私はバッグに入れておいた咸興で撮影した明子さんのポートレート写真を取り出し、私の名刺と一緒に手渡した。「一応」という前置きをしながらも、受け取ってくれたことがうれしかった。少しでも、知りたいという気持ちが生じたのかもしれないと私は思った。

「もしもご家族のどなたかが、明子さんの近況などを知りたいとおっしゃったら、ご連絡いただけたらと思います」

「このためにわざわざ東京から来られたんですか？」

「はい」

私にとっては、明子さんの故郷を訪ねることは、咸興で彼女と会うのと同じくらい重要な取材だと思っていた。しかし、きっと彼からすれば、そこまでするほどのことなのかと驚いたように、きょとんとしていた。

「このあと、東京に戻るんですか？」

「はい。今日はもう遅いので、明日帰ります」

「そうですか……。わざわざすみません。ありがとうございます」

私はここを訪れる前、明子さんの故郷で親族に会うことができたら、「あの国」に住んでいる姉とはもう関わりたくない、面倒な人間が来たと受け取られるか、あるいは、親近感を持って接してくれるか、そのどちらかだと想像していた。いま日本に残る親族の大多数は、前者のような対応をとるだろうとも思っていた。だが、彼の場合は、そのどちらでもない気がした。

「遅い時間に驚かせてしまって、すみませんでした。失礼します」とあいさつした。

「ごくろうさまです」。彼は深々とお辞儀をした。私は雨の中を駅へ向かって歩き出した。

男性は私の姿が見えなくなるまで、ずっと玄関にぼーっと立ったまま不思議そうにこちらを見ていた。あたり一帯真っ暗だったが、男性が玄関を開けたまま立ち尽くしていたので、部屋から漏れるオレンジ色の光が男性のシルエットをつくり、遠くからでもよく見えた。突然の訪問者にまだ驚いており、この不思議な現実を受け入れようとしているようだった。

再び咸興へ

二〇一八年一一月、一年前と同様に、北京から再び国際列車で平壌に入った。

ホテル前にある平壌大劇場の広場では、朝から黄色いスーツを着た女性たちが「白頭山へ行こう」の曲に合わせて、両手の赤い旗を振っていた。職場へ急ぐ市民たちを励まし、鼓舞するためだ。この日、私は大田明子さんの住む咸興へ向かった。

この時期は白菜の収穫が行われる。夏にトウモロコシを育てて収穫した後、同じ畑で白菜を育てる。車窓からは白菜を収穫している人々の姿が見えた。黄色いイチョウの葉がすべて落ち、秋から冬に入ろうとするころ、家庭ではキムチを漬ける。大型トラックや牛車が大量の白菜を山積みにして行き交う様子も見られる。

咸興に到着した翌朝五時、宿泊していたホテルの外のスピーカーから聞こえてくる、朝鮮民主主義人民共和国の国歌「愛国歌」のメロディーで目が覚めた。この日の午前、海の近くの喫茶店で五ヵ月ぶりに明子さんと再会した。私は明子さんに会うなり、故郷で撮影した写真をテーブルの上に広げた。

「お兄さんに会いましたか?・」。明子さんは、私にすぐにこう聞いた。

「いえ、弟さんが住んでいたのですが、お兄さんとは長く連絡を取られていないそうで……」

「あぁ、一番下の子ね、私のことはきっとよく知らないと思います。妹でしたら、私のことを良く覚えていますよ。あの子たちは私が面倒見ていたから」

日本に帰ったら会って来ますと伝えたかったが、会えるかどうかも分からない。余計なことを言って、明子さんに期待を持たせてしまうのも申し訳ないと思った。

「明子さん、アッコちゃんと呼ばれていたんですか？　隣に住んでいた女性が、懐かしそうに話していました」

「ははは、そうなんです。近所の人たちはみんな私のことを知っていますよ」

明子さんはこう言うと、私が持参した海の写真、自宅の裏の線路、竹やぶ、桜の木の写真を両手で持ち上げ、じっくりと静かに見入っていた。

もう一人の「日本人妻」

今回、大田明子さんと一緒に、咸興郊外の興南に暮らす「日本人妻」、鈴木ツル子さんにも来ていただいていた。二〇一七年四月にもツル子さんに話を聞いており、一年半ぶりだ。明子さんとツル子さんは喫茶店の中心に置かれた四角いテーブルの椅子に、並んで腰掛けていた。明子さんが写真に見入る様子を、ツル子さんも興味深そうに見つめている。一九二九年に山形県米沢市で生まれたツル子さんは、まもなく八九歳になろうとしていた。丸い顔に深く刻まれたシワがとても印象的だ。ツル子さんは三一歳まで日本で暮らしたが、いまは私の日本語を聞き取ることはできても、自分の気持ちを日本語で伝えることは難しそうな印象を受けた。

これまで「日本人妻」の女性たちにはすべて日本語で取材を行ってきたが、一年半前にツル子さんから話を聞いた際には、通訳を介してもらう必要があった。今回は、隣に明子さんが座っていたこともあり、時々明子さんが朝鮮語を日本語に直して伝えてくれた。

幼いころの思い出で心に残っているのは、キノコを採るために兄と山に出かけたこと。米沢出身だということは前回の取材で聞いていたので、今回は米沢の地図を持ってきていた。テーブルに地図を広げると、隣の明子さんも興味深そうに地図をまじまじと見つめた。

夫となる七歳年上の金元用《キムウォンヨン》さんと出会ったのは二二歳の時。日本名は金村正男。朝鮮人と日本人の夫婦が暮らす隣家に、ウォンヨンさんが下宿していたという。家が近いことで親しくなり、次第に惹かれ合っていった。結婚後、ツル子さんは地元の紡織工場で働いていた。

一九六〇年二月五日、六歳だった長女の友子さん、生後一ヵ月だった次女の順子さんを連れ、家族四人は帰国事業の第七次船で新潟港を発った。ツル子さんの母は渡航に強く反対していた。

「言葉も風習も違う所で、どうやって生きていくつもりなのかと言われたんです。母がとても悲しんだので、一度だけ夫に「私は行けない。子どもはそれぞれが一人ずつ引き取って、別れましょう」と告げたこともありました。それでも、それでは子どもがかわいそうだと思い、一家で朝鮮へ渡ることにしたんです」

ツル子さんは夫とともにこの国へ来ることを決断したが、帰国事業が行われていた当時、日本を離れるか残るかの選択に悩み、離別した夫婦がどれだけいただろうかと想像した。

ツル子さん一家は一九六〇年から五八年間、興南にある平屋の同じ家でずっと暮らしてきた。取材はこの家ではなく、前回も今回も外の施設で行った。この日の朝、ツル子さんの自宅まで迎えにいった運転手によると、車がツル子さんの家の前に到着すると、近所のおばあさんたちも、一斉に家の前に出てきたという。そして、この国の首都である平壌ナンバーの車に乗り込んだツル子さんをキラキラした目で見つめていたそうだ。これからまるで彼女が別世界の凄い所にでも行くかのように、満面の笑顔でツル子さんに大きく手を振り送り出したのだという。

ツル子さんの夫・ウォンヨンさんの職場は自宅から二〇分ほどの場所にある化学肥料工場。その前身は植民地時代の一九二七年に日本の実業家・野口遵《したがう》が建設した日本窒素肥料興南工場だという。当時、東洋一の規模の化学コンビナートで、興南のこの地域には社宅や学校などインフラが整備されていた。佐藤知也さん(第4章)の父の同僚が技術者として残り続けた工場だ。朝鮮戦争で工場は破壊され、その後復興したのがウォンヨンさんが働いていた工場だった。

咸興市街から興南地域へ車で移動する際には、いくつもの工場の前を通り過ぎるが、この肥

咸興市内の公園で会話をする「日本人妻」の大田明子(右)さんと鈴木ツル子さん(2018年11月)

料工場は特に規模が大きく印象的だ。ウォンヨンさんは一九七九年に胃がんで亡くなるまで、この工場に勤め続けたが、ツル子さんはここに来てから体調を崩し、仕事はできなかった。

「私が暮らす区域には、もともとは七人の日本人女性がいました。いま残っているのは私だけです。時々集まったときには、日本の家族に会いたいねとよく話をしていました」

現在は、次女夫婦と孫と一緒に暮らしている。身体の調子をたずねると、「いまは年もとって、それで不自由することはありますが、家事などは問題なくできます」とニコリと笑った。

ツル子さんは、この六〇年間一度も日本を訪れていない。日本の母は八〇歳で亡くなったことを手紙で知った。

「生きているうちに日本に行き、一度でも両親のお墓参りをすることができたらどんなにいいでしょう。身体の具合が悪くなると、自然と故郷のことを思い出すんです」

この日の取材後、私は明子さんとツル子さんと一緒に、咸興市内の公園などを訪れた。李氏朝鮮を建てた李《イ》成桂《ソンゲ》が晩年を過ごしたという咸興本宮では、チマチョゴリを着たガイドが私たち三人に語りかけるように解説をしてくれた。樹齢四〇〇年を超えるという太い松の木の前に立ち三人で記念写真を撮ったりしているうちに、何だか彼女たちと一緒に日本から来てこの国を観光で訪れているかのような、不思議な感覚を覚えた。

「あきらめなさい」「あきらめない」

大田明子さんと鈴木ツル子さんを取材した翌日、私はこれまでに咸興で出会った日本人の女性たちと再会し、皆で昼食を囲んだ。明子さん、ツル子さんに加えて、中本愛子さん（第4章）、そして残留日本人の荒井琉璃子さんも一緒に。

琉璃子さんとは五ヵ月ぶりの再会だった。ピンク色の帽子を深く被った琉璃子さんは、明らかに身体がつらそうだった。心臓が弱くなってしまったという。人の支えなくして歩くことは難しく、両脇を孫娘のウンスクさんと大田明子さんが支えていた。それでも食事のときには、「典子さん、食べて、食べて」と、目の前のおかずを次々に私に勧める。その仕草が、この取材のために日本を出発する二日前に亡くなった私の祖母の姿と重なった。

昼食を終え、再び別れのときがきた。駐車場の車に乗る直前、彼女たちと言葉を交わした。

「琉璃子さん、また会いましょうね」

私はこう言って琉璃子さんの手を握った。

「いつ？」

琉璃子さんはすぐにこう答えて、私の顔を見上げた。

「暖かくなったら、また戻ってきますから」

正直、いつ再会できるか私には分からなかった。だが、こう言うしかなかったのだ。

「もう、私は駄目かもしれない……」

琉璃子さんは、下を向いてポツリとつぶやいた。この時、琉璃子さんの身体が本当に小さく見えた。

「そんな弱気なこと言ってちゃ、駄目でしょ」

隣で聞いていた琉璃子さんの親友、中本愛子さんが励ますように、少しだけ叱った。そして、愛子さんはこう続けた。

「私もあと一〇年若ければ、日本に行けるチャンスがあったかもしれないのに……。でも、まだあきらめたくない」

この表情から「絶対にあきらめたくない」という愛子さんの強い意志が感じられた。だが、その近くで聞いていた大田明子さんは、すぐにこう口を挟んだ。

「あきらめなさいよ……」

「いえ、あきらめない。あなたは私よりも一〇歳も若いんだから、まだ時間があるのよ。あきらめちゃ駄目。あきらめられない」

愛子さんは、誰にも顔を合わせず、真っすぐに前を向いてこう言った。

二人の向かいに立っていた鈴木ツル子さんは、このやりとりを黙って眺めていた。

それぞれに言葉で表現しきることなどできない思いがあるのだ。私は彼女たちにかける言葉が見つからなかった。

「では、そろそろ」。現地の担当者から言葉をかけられ、車に乗った彼女たちは目に涙をためていた。ここにいる「日本人妻」の三人全員が二〇代、三〇代のときに新潟を離れてから一度も故郷の土地を踏んでいない。琉璃子さんは七歳のときの日本の記憶があるのみだ。彼女たちは、今の日本に生きる私を通して、どんな日本の現在を想像しているのだろうか。そして、そこに彼女たち個人の記憶がどのように交差しているのだろうか。

私はどこにもやり場のない、やるせない気持ちを感じながら、いつもの別れと同じように、ただただ手を振り続けることしかできなかった。

あとがき

一九六〇年四月八日、皆川光子さんが夫と新潟を出港した日の朝、日本赤十字社新潟センターの敷地で植樹されたモモとバラの木。本書執筆中の二〇一八年末、このモモとバラの木がその後どうなったのかを日本赤十字社に問い合わせた。数日後、届いた返事は、「モモの木とバラの木の記録は確認できませんでした」という、あまりにあっけないあっさりしたものだった。

植樹されたのは六〇年も前。木の行方を把握していると期待する方が無理があるのかもしれない。とっくに枯れたか、あるいは新潟センターが取り壊される際に伐採されたのか、それとも移植されいまもどこかで毎年花を咲かせているのか。この行方の分からない木の存在が、「実をつける頃には日朝間を自由に行き来ができるように」という帰国者たちの思いと、いまではほとんど関心すら寄せられなくなった彼ら・彼女らの存在を象徴しているように思えた。

一九五九年一一月に「帰国事業」を記念し植樹された「ポトナム通り」の柳の木々は、数は減ってはいるものの、今も新潟市内中心部から港に向かう国道沿いにさりげなく並んでいる。

ポトナム通りから新潟空港に向かう途中の海岸には、日本地図と新潟から海の向こうにある都市の位置関係を示す石のモニュメントがあり、「ピョンヤン」や「ウォンサン」と書かれている。かつて新潟飛行場内の一角にあった日本赤十字社新潟センター。そこには一度に一二〇〇人が宿泊できる宿舎や帰還事務所があった。帰国者たちが日本で最後の数日を過ごした場所だ。現在は、新潟空港となったこの場所から空へ向かって飛び立っていく飛行機や、浜辺で飼い犬を連れて散歩をする地元の人々の姿を眺めながら、六〇年前に「日本人妻」や帰国者たちはどのような思いで、この新潟の風景を見ていたのか、あらためて想像をめぐらせていた。

私は二〇一三年から一八年一一月まで、一一回訪朝し、各地で取材と撮影を続けてきた。とはいうものの、訪問を重ねれば重ねるほど、まだまだ知らないことが多いと実感し、この国に向き合ってきた。取材は継続中だが、今回、このタイミングで出版を決意した理由は、現地を訪れるたびに話の続きをうかがおうと思っていた人たちが相次いで亡くなっていく現実に直面し、存命の女性たちが暮らしている間に出版したいという思いが強くなったからである。

私が知る彼女たちがたどってきた時間の記憶は、その一部でしかない。どんなに時間を割いても、すべてを聞き出すことは不可能である。人の記憶はとても断片的で、繊細で、そして複雑だ。彼女たちが過去を振り返る際、込み上げる感情や記憶も、その後のさまざまな経験を経て変化してきている。聞き手である私との関係や、その場の空気も、言葉の選び方や表情に影響を与えるだろう。私が彼女たちの経験を伝えるとき、人生の特定のある一部分だけに余計な意味を持たせてしまうことはないだろうか、それは私の視点で語る以上、避けることができないことかもしれないが、常にその葛藤とともに取材を続け、記録として書き続けてきた。

私が出会ったのは、「日本人妻」九人と、残留日本人女性の一人だ。日本から「帰国事業」で海を渡った「日本人妻」約一八三〇人の中の、わずか九人である。一人ひとりの経験は異なり、多様だ。それぞれの人生には波があり、さまざまな感情が一日、一年を通して、そして時代ごとに存在する。日々の暮らしの中には、苦悩も希望も、悲しみも喜びも複雑に交差する。一度も再会を果たすことができなかった両親に対する思い、どうしたらそんな自分を許すことができるのかという自責の念は、常に彼女たちの心の中に存在していた。その一方で、海の向こうで築いた家族とのささやかな暮らしを、何よりも大切にしたいという思いもあっただろう。

この国を取材するジャーナリストの多くは、「日本人妻」を含む、ここで生きる人々の人生を、分かりやすい強い言葉とともに、単純に白か黒かで伝えようとしているように思う。私も、ついそうした誘惑に駆られそうになっても、できるだけ抑えようとしてきた。彼女たちは、幸せだったのか、不幸だったのか。あるいは後悔しているのか、していないのか。彼女は恵まれていたのか、それとも悲惨だったのか——。だが、そもそも何をもって「恵まれている」と判断すべきなのか。彼女たちの六〇年にわたる暮らしは、日々の小さな選択や迷い、決断の積み重ねで築かれてきた。それによってその後の生き方が左右されたこともあったであろう。そうした彼女たちの人生を、単純な物差しで表現することなど到底できないはずだ。

数年前に皆川光子さんが平壌のホテルで日本の大手メディアの取材を受けた映像を見たことがある。「北朝鮮に来て正直後悔していますか？」といった記者の問いかけに、カメラの向こうで対応する「日本人妻、皆川光子さん」の姿は、私が接して見えてきた豊かな感情を持った光子さんの姿とはあまりにもかけ離れていた。また、荒井琉璃子さんの存在が明らかになった二〇一七年春、日本のメディアの中には、本人から直接話を聞いているのにもかかわらず「「荒井琉璃子」と名乗る残留日本人女性(84)」という表現で報じる媒体もあった。

彼女たち一人ひとりの個人的な思いや人生を知ろうとする姿勢が、伝え手の側に少なかったと感じている。ときには、存在自体を不確かなものとして扱い、それきりという態度だった。こうした姿勢や態度は、彼女たちが経てきた壮絶な体験と人生を無視しているのと同等であるとすら思えるのだ。メディアの報じ方が、海の向こうで暮らす人々の表象を都合よく作り上げてきたことも否定できない。

私が取材をしてきた女性たちの境遇はさまざまだ。首都・平壌でずっと暮らし続けてきた女性もいれば、日本からの帰国者がいない農村部で数十年生活してきた女性。何度も引越しを経験した女性、帰国して以降六〇年同じ家で暮らし続けてきた女性。里帰りができた女性、一度も里帰りがかなわなかった女性。日本の親族と連絡を取り続けている女性、連絡が途切れてしまった女性。労働者として工場や農場で働き続けた夫をもつ女性もいれば、研究者や医者などの専門家として働く夫をもつ女性もいる。私が出会わなかった「日本人妻」たちははるかにたくさんいる。どんな境遇にあっても、その一人ひとりの人生は、平等にかけがえの無いものなのだと取材を通して強く感じた。

咸興に暮らしていた東京出身の岩瀬藤子さんは、二〇一七年のインタビューの最後に私にこう語った。

「ここに来た日本人の心にはね、墓参でもいいから両親に会いたいという思いが、しこりのように残り続けるんです。そして、その思いをいだいたまま皆さん亡くなっていったんです」

彼女は一度里帰りができたが、周りで一度も里帰りの願いがかなわずに亡くなっていった友人たちを見てきた。二〇一八年一月三日、藤子さんは七八歳の誕生日の朝に自宅で亡くなった。これまで「里帰り事業」で故郷訪問がかなったのはわずか四三人である。

日本に残された帰国者や日本人妻たちの親族の多くは、それぞれにさまざまな思いを持ちながら暮らしてきた。日本人妻のほとんどは親の反対を押し切り結婚をし、勘当も同然で日本を離れた女性たちもいる。かつて手紙のやりとりはあったものの、現在は親族と連絡が取れないでいる女性たちも多い。親族にしか分からない事情や感情が長年蓄積されいまに至っている。その細かな事実を垣間みるたびに、複雑な思いにかられてきた。

これまでの取材では、女性たちに政治的な事柄、経済的な事情については、あえて直接的には聞かなかった。また、「帰国事業」全体を検証するために、この本を書いたわけでもない。本書では在日朝鮮人の夫とともに海を渡った日本人配偶者の女性を「日本人妻」と表現しているが、朝鮮人の妻に付き添い日本を離れた日本人男性も少数ではあるがいた。日本人配偶者の女性たちを「日本人妻」とひとくくりに表現することに違和感を覚えてはきたが、ここでは国家間の関係に翻弄されてきた女性たちの生き様や人となり、その中で彼女たちが積み重ねてきた思いを取材した。「北朝鮮取材は行動範囲を限定され、コントロールされている」と言われる。確かに突発的な取材や、許可なく街中を一人で歩き回ることはできない。すでに本文中にも書いているように、取材現場には現地の案内人たちが同行していた。私には個々の案内人が担っている役割や裁量の範囲がどこまでなのかは分からないが、少しずつ、できる限りのところまで協力してもらっていると実感する瞬間は何度もあり、取材の幅は広がっていった。取材を重ねるにつれ、日本語ができる女性たちと自宅の部屋で二人だけになる時間も増えるようになり、そんな中で話してくれたエピソードや一緒に食事をしながらさりげなく交わした会話も、この本には書いている。「日本人妻」の女性たちから自然とにじみ出る人間味溢れる人柄に感動し、ふとしたときに彼女たちが心に秘めてきた思いを感じ取れる瞬間が何度もあり、さらに予期していなかった事実を知る。それがその次の再会と取材へのモチベーションにもなっていった。それが繰り返されていったのだ。

「日本人妻」や残留日本人を取材対象にすること自体が、「北朝鮮の交渉の材料」に乗せられているという意見もある。しかし、「交渉の材料」だからという理由で、この問題の重要度が左右されるわけではない。交渉の材料にされていようが、なかろうが、そもそも人道的な問題としてとらえるべきだと私は考えている。残留日本人が朝鮮半島で一生を過ごすことになったのは、元をたどれば戦前の日本の政策によるものだったことは否めない。また、半世紀以上前に日本人の女性が好きになった相手が、たまたま朝鮮半島にルーツを持つ男性であったという事実とその感情は、誰も否定することはできない。

あの時代に民族差別や貧困に苦しんでいた多くの在日朝鮮人が、日本での将来に悲観的にならざるを得なかったのは事実であり、その時代に行われたのが「帰国事業」だったのだ。彼ら・彼女らを取りまく歴史的・社会的背景、そして当時の国際情勢を振り返ったときに、時代と政治に翻弄されながらも、強く生きてきた人たちの思いをいまあらためて振り返り、故郷である日本の土をもう一度踏みたいという切実な願いを「人道的」な事業として、何とかかなえてほしいと思っている。

日朝間で解決をしなければいけない問題は山積みである。そうした中、継続的で緊密な関係を作らずして両国間の問題を解決することなどできないと私は考えている。二〇一九年二月末には二回目の米朝首脳会談がベトナムのハノイで開催された。今後も朝鮮半島をめぐる国際情勢はさまざまに揺れ動いていくだろう。日本はアメリカに歩調を合わせることを第一にして向き合うのではなく、日朝関係のことは自らが主体性を持って積極的に動き出し、実質的に交渉しようとする姿勢が必要だと思う。


「帰国事業」が開始されて六〇年。海を渡った「日本人妻」の多くがすでに亡くなっている。高齢化により、いまも海の向こうで生きている女性たちから直接話を聞く時間は限られている。二〇一八年一一月時点で、咸興がある咸鏡南道に暮らす日本人妻は三八人、元山がある江原道《カンウォンド》では七人とされている。江原道にはかつて在日朝鮮人の妻に付き添ってきた日本人男性が二人いたという。現在何人の日本人配偶者が存命かは分からない。このあとがきを書いている瞬間にも、どなたかが亡くなってしまっているかもしれない……、と想像せずにはいられない。

これまでの取材を本として残す上で一番大切にしたことは、取材で出会った日本人女性たちにこの本を手渡すことが出来たときに、彼女たちが本書を読み進めながら、自身の人生を心の中で静かに振り返り、「こういう思いで話をしたのではなかった」という感想をいただくことだけはないように書いたつもりだ。そしてこれからも、彼女たちの物語の隙間隙間を埋めていくような取材ができたらと願っている。

二〇一三年以降、取材を進めてこられたのは、国交がない中でも長年活動を続けてきたNGOや朝鮮半島研究者などの協力があったからだ。初めての訪朝は、東アジアの子どもたちが絵を通して交流をする「KOREAこどもキャンペーン」の活動に同行をさせていただいた。この機会をくださった筒井由紀子さんと寺西澄子さんには心から感謝しています。岩波書店の元編集者で一五年に退職された平田賢一さんには、この五年間頻繁に相談に乗っていただき、見聞を広める貴重な機会を多くいただいた。朝鮮史の研究者で東海大学名誉教授の吉野誠先生にも歴史的な資料を提供してもらうなどお世話になった。また、文化人類学者のパブロ・フィゲロアさんには日本人として朝鮮に関わる視覚表現をする上でのアドバイスをいただいた。朝鮮総連中央本部国際統一局の皆さんと、中外旅行社の皆さんには渡航の調整をしていただいた。

過去・現在の朝鮮半島と日本との関係を見つめる中で、アイデンティティーとは何かということについて考える機会をいただいた多くの在日コリアンの方々にもお礼の言葉を伝えたい。

特に月刊イオの張慧純《チャンヘスン》さん、金淑美《キムスンミ》さん、広島朝鮮人被爆者協議会の金鎮湖《キムジノ》さん、広島朝鮮学園の金英雄《キムヨンウン》先生をはじめとする教職員の皆様、同校卒業生や保護者の方々に感謝を申し上げたい。

最初の数回の訪朝では、写真はほとんど撮影しなかった。それでもここ数年は、取材の受け入れ機関であった朝鮮対外文化連絡協会(対文協)の担当者に「これまでこれほど長々と、細かな取材内容希望を送ってきた日本人はいませんよ」と、笑ってあきれられるほどに、訪朝のたびに事細かな要望を事前に対文協に送ってきた。私のマイペースな取材方法や撮影の細かいこだわりについても、次第に理解を示してくれるようになってきた。案内人の個人名はここには記さないが、これまでの取材のさまざまな場面を振り返り、お礼を申し上げたい。

この本の担当編集者で岩波書店新書編集部の安田衛さんには、私が各地での取材活動を始めて以降、常にお世話になってきた。二〇一四年に出版した前著『フォト・ドキュメンタリー 人間の尊厳』の企画が決まったのは東日本大震災を取材中の一一年のことだった。取材活動を始めたばかりの私が小さな講演会で話をする機会があり、そこで出会ったのがきっかけだった。それまで「本を書く」ということを考えたことすらなかったが、写真だけではなく言葉で伝えることの大切さを学ばせていただいた。訪朝以前から、現地での取材が実現し、まとめられるよう相談を重ねた。一緒に本書を作り上げることができたことに心から感謝しています。

そして、取材をさせていただいた、すべての方々にお礼を申し上げます。

「いいお仕事をしてくださいね」。二〇一七年春、皆川光子さんの元山の自宅で別れ際に、両手で私の手を握りながら、さりげなく掛けられた言葉。「いいお仕事」という言葉が、それ以降ずっと心に引っかかっていた。私が何度も光子さんを訪ねて取材を繰り返しても、彼女の思いのどれだけを伝えられるだろうか。私は光子さんの言う「いい仕事」が果たしてできているだろうか。人の人生の「全体像」を文章や写真で表現することなど不可能だ。それでも、そのわずかな断片に触れることで、海を渡った「日本人妻」やその家族たちの姿を想像し、その存在にいまあらためて思いを馳せてもらうきっかけになったらと思っている。そして、海の向こうで暮らしてきた女性たちが、取材を受けて良かったと心の中で思ってくれたらと願っている。また再会できることを祈っています。

最後に、本書を手に取ってくださった読者の方々に、心からお礼を申し上げます。

二〇一九年四月

林　典子

林 典子

1983年生まれ．2006年，ガンビア共和国の新聞社で写真を撮り始める．名取洋之助写真賞，三木淳賞，DAYS国際フォトジャーナリズム大賞，Visa pour l'Image報道写真特集部門金賞，NPPA全米報道写真家協会賞1位，世界報道写真財団Joop Swart Masterclass選出など．ニューヨーク・タイムズ紙，ナショナル ジオグラフィック日本版，ニューズウィーク誌，デア・シュピーゲル誌などに寄稿．

著書―『フォト・ドキュメンタリー 人間の尊厳――いま，この世界の片隅で』（岩波新書）
『フォトジャーナリストの視点』（雷鳥社）
写真集『キルギスの誘拐結婚』（日経ナショナル ジオグラフィック社）
写真集『ヤズディの祈り』（赤々舎）など

フォト・ドキュメンタリー 朝鮮に渡った「日本人妻」
――60年の記憶
岩波新書（新赤版）1782

2019年6月20日 第1刷発行

著 者 林《はやし》 典《のり》子《こ》

発行者 岡本 厚

発行所 株式会社 岩波書店
〒101-8002 東京都千代田区一ツ橋2-5-5
案内 03-5210-4000 営業部 03-5210-4111
https://www.iwanami.co.jp/

新書編集部 03-5210-4054
http://www.iwanamishinsho.com/

印刷製本・法令印刷 カバー・半七印刷

ISBN 978-4-00-431782-1 Printed in Japan

岩波新書新赤版一〇〇〇点に際して

ひとつの時代が終わったと言われて久しい。だが、その先にいかなる時代を展望するのか、私たちはその輪郭すら描きえていない。二〇世紀から持ち越した課題の多くは、未だ解決の緒を見つけることのできないままであり、二一世紀が新たに招きよせた問題も少なくない。グローバル資本主義の浸透、憎悪の連鎖、暴力の応酬——世界は混沌として深い不安の只中にある。

現代社会においては変化が常態となり、速さと新しさに絶対的な価値が与えられた。消費社会の深化と情報技術の革命は、種々の境界を無くし、人々の生活やコミュニケーションの様式を根底から変容させてきた。ライフスタイルは多様化し、一面では個人の生き方をそれぞれが選びとる時代が始まっている。同時に、新たな格差が生まれ、様々な次元での亀裂や分断が深まっている。社会や歴史に対する意識が揺らぎ、普遍的な理念に対する根本的な懐疑や、現実を変えることへの無力感がひそかに根を張りつつある。そして生きることに誰もが困難を覚える時代が到来している。

しかし、日常生活のそれぞれの場で、自由と民主主義を獲得し実践することを通じて、私たち自身がそうした閉塞を乗り超え、希望の時代の幕開けを告げてゆくことは不可能ではあるまい。そのために、いま求められていること——それは、個と個の間で開かれた対話を積み重ねながら、人間らしく生きることの条件について一人ひとりが粘り強く思考することではないか。その営みの糧となるものが、教養に外ならないと私たちは考える。歴史とは何か、よく生きるとはいかなることか、世界そして人間はどこへ向かうべきなのか——こうした根源的な問いとの格闘が、文化と知の厚みを作り出し、個人と社会を支える基盤としての教養となった。まさにそのような教養への道案内こそ、岩波新書が創刊以来、追求してきたことである。

岩波新書は、日中戦争下の一九三八年一一月に赤版として創刊された。創刊の辞は、道義の精神に則らない日本の行動を憂慮し、批判的精神と良心的行動の欠如を戒めつつ、現代人の現代的教養を刊行の目的とする、と謳っている。以後、青版、黄版、新赤版と装いを改めながら、合計二五〇〇点余りを世に問うてきた。そして、いままた新赤版が一〇〇〇点を迎えたのを機に、人間の理性と良心への信頼を再確認し、それに裏打ちされた文化を培っていく決意を込めて、新しい装丁のもとに再出発したいと思う。一冊一冊から吹き出す新風が一人でも多くの読者の許に届くこと、そして希望ある時代への想像力を豊かにかき立てることを切に願う。

（二〇〇六年四月）

現代世界

トランプのアメリカに住む　吉見俊哉
ライシテから読む現代フランス　伊達聖伸
ベルルスコーニの時代　村上信一郎
イスラーム主義　末近浩太
ルポ 不法移民 アメリカ国境を越えた男たち　田中研之輔
習近平の中国 百年の夢と現実　林望
日中漂流　毛里和子
中国のフロンティア　川島真
シリア情勢　青山弘之
ルポ トランプ王国　金成隆一
ルポ 難民追跡 バルカンルートを行く　坂口裕彦
アメリカ政治の壁　渡辺将人
プーチンとG8の終焉　佐藤親賢
香港 中国と向き合う自由都市　倉田徹 張イクマン
〈文化〉を捉え直す　渡辺靖

イスラーム圏で働く　桜井啓子編
中南海 知られざる中国の中枢　稲垣清
フォト・ドキュメンタリー 人間の尊厳　林典子
㈱貧困大国アメリカ　堤未果
女たちの韓流　山下英愛
新・現代アフリカ入門　勝俣誠
中国の市民社会　李妍焱
勝てないアメリカ　大治朋子
ブラジル 跳躍の軌跡　堀坂浩太郎
非アメリカを生きる　室謙二
ネット大国中国　遠藤誉
中国は、いま　国分良成編
ジプシーを訪ねて　関口義人
中国エネルギー事情　郭四志
アメリカン・デモクラシーの逆説　渡辺靖
ユーラシア胎動　堀江則雄
オバマ演説集　三浦俊章編訳
ルポ 貧困大国アメリカII　堤未果

オバマは何を変えるか　砂田一郎
イスラエル　臼杵陽
ネイティブ・アメリカン　鎌田遵
アフリカ・レポート　松本仁一
ヴェトナム新時代　坪井善明
イラクは食べる　酒井啓子
ルポ 貧困大国アメリカ　堤未果
エビと日本人II　村井吉敬
北朝鮮は、いま　北朝鮮研究学会編 石坂浩一監訳
欧州連合 統治の論理とゆくえ　庄司克宏
バチカン　郷富佐子
国際連合 軌跡と展望　明石康
アメリカよ、美しく年をとれ　猿谷要
日中関係 戦後から新時代へ　毛里和子
いま平和とは　最上敏樹
「民族浄化」を裁く　多谷千香子
サウジアラビア　保坂修司
中国激流 13億のゆくえ　興梠一郎

社会

岩波新書／最新刊から

1769 平成経済　衰退の本質　金子勝著
百年に一度の危機の中で、この国が重ねてきた失敗とそのごまかしのカラクリとは。「終わりの始まり」の三〇年間をシビアに総括。

1770 シリーズ アメリカ合衆国史①
植民地から建国へ
19世紀初頭まで
和田光弘著
一国史を超える豊かな視座から叙述する、最新の通史。第一巻は初期アメリカの歩みを、大西洋史や記憶史もふまえ叙述。

1774 バブル経済事件の深層　奥山俊宏・村山治著
バブル崩壊が契機となって発生した数々の経済事件。新証言や新資料を発掘し、新たな視点からそれらの事件を再検証。深奥に迫る。

1775 ゲーム理論入門の入門　鎌田雄一郎著
相手の出方をどう読むか。経済問題の分析だけでなく、ビジネスの戦略決定にも必須の基礎知識を、新進気鋭の理論家が解説する。

1776 二度読んだ本を三度読む　柳広司著
若いころに読んだ名作は、やはり特別だった！　作家が繰り返し読んだ本を読み直して改めて実感した読書の楽しさ。

1777 平成時代　吉見俊哉著
平成の三〇年は「壮大な失敗」だった。「ポスト戦後社会」の先にあった空虚な現実を、経済、政治、社会、文化を貫いて総括する。

1778 アメリカ人のみた日本の死刑　D・T・ジョンソン著　笹倉香奈訳
秘密裏の執行、刑事司法における否定の文化、死刑制度を取り巻く政治社会文化をアメリカの死刑制度の失敗と比較し鋭く分析する。

1779 マキァヴェッリ
―『君主論』をよむ―
鹿子生浩輝著
いまも愛読される古典『君主論』で、マキァヴェッリが本当に伝えたかったこととは何だったのか。歴史を生きた等身大の思想を描く。

(2019.6)